「気付き」がその後の人生を変える

原　八郎

HARA Hachiro

文芸社

はじめに

人生の長い年月の中に、色々なことを経験して私たちは生きています。

私の人生は異例なことが沢山ありました。楽しいこと、つらかったこと、苦しかったこと、幸運に恵まれたこと、面白いことなど様々な経験をさせてもらいました。

昭和17（1942）年11月15日、埼玉県児玉郡渡瀬村に、11人兄弟の10番目の8男坊として生まれました。

8番目の男で、名前は八郎です。関東平野の北西部、神流《かんな》川で群馬県と接し、山と川に挟まれた自然豊かな環境で育ちました。

兄弟が多かったため、周りの顔色を窺いながら、幼少年期を過ごしました。

後年、縁あって千葉県鎌ケ谷市に移り住み、市議会議員となりました。暮らしやすい社会をつくるための情報を会報やブログに発信してきました。

それを皆様にお話しさせていただきます。

目次

第二章　厳しくも美しく、美味しい北海道——121

第四章　気付きが誰かを助ける、世界を救う——181

第五章　より良い世界へ～私の意見

第一章　私の半生

生まれ育ったところ

小さい時から野山を駆け回り、遊んでばかりいました。栄養のあるものを食べていたわけではありませんが、筋肉質の丈夫な体を授かりました。

関東平野の北西部で、秩父山麓に隣接した平野の切れた山間に入った小さな村で育ちました。片方に神流川が流れ群馬県に接し、埼玉県の最北端でラグビーボールのような地形で、長い方が２０００メートル、短い方が５００メートルくらいあり、山と川に囲まれていました。

先祖は武田信玄の家来であったといいます。武田勝頼が織田信長にあぶれて、逃げ帰り、長野県中部で家来と離散しました。先祖は逃れて、群馬県と埼玉県の県境に近い所の十石峠を越え、神流川を下り、たどり着いたといわれています。

７家族で集落を作り、暮らしたとのこと。わずかの平地と山林で、木を切り出して生活していたと想像されます。神社の氏子は、７家が役員を今も務めています。

明治の頃は養蚕が盛んになり、私の先祖は群馬県を中心に蚕を飼って生計を立てていたと思われます。江戸時代末期、安政６（１８５９）年に横浜が開港すると同時に、原善三郎は従弟と2人で横浜に出て、生糸の商いを始め、文久２（１８６２）年に「亀屋」を設立しました。のちの原合名会社です。

明治５（１８７２）年に官営工場として設立され、明治26（１８９３）年に払い下げで三井が経営し、明治35（１９０２）年に三井から富岡製糸を譲り受け、生糸貿易で栄えました。

横浜の三渓園の元をつくった土地を買収した明治時代の財界人、原善三郎の出身地が渡瀬村です。原善三郎は、私の本家から出た人です。善三郎のいとこの佐藤作太郎は母方の出身ですが、若くして亡くなりました。

その関係で、村にはいくつもの会社があり、勤め人が沢山住んでいました。人口２千人ほどでしたが、会社で働く人は３千人ほどいました。近隣からも働きに来ていました。

小さな村でしたが勤め人が多く、都会的でした。農家も15軒ほどしかなく、農地も狭かったのです。教育水準は高く、大学に行く人間が毎年数名はいました。横浜で成功した原善三郎氏の恩恵が沢山あったと、小さい時から感じていました。山は海抜350メートルほどで、平地の標高は120メートルほどでした。県境の川は清流が流れ、魚釣りや水泳に適した自然の素晴らしい所でありました。

そんな環境に育った私です。

幼少期は自然の中

小学生の頃、勉強をせず遊びまわっていました。

遊び仲間と山に行き、イチゴやクリなどを取り、自然の中で過ごすことが多くありました。

キイチゴは黄色い甘い実がなり、枝に棘がありますが、貴重な食べ物でした。

赤い実のイチゴもあり、雑木林の茂る中に群落があるのを見つけ、誰にも教えず、毎年楽しみに取りに行った覚えもあります。

冬になると杉の落ち穂拾いをし、親から小遣いをもらう者もいました。かまどの火付けに杉の枯れ葉を使うのです。

籠を背負い山に入り、杉林の中へ行き、枯れ葉を拾うのです。楽しみながら拾い、家に持ち帰りました。

私は小遣いはもらえませんでしたが、喜ばれるのが嬉しくて、何度も山に入りました。

夏には、養蚕の盛んな地域でしたから、桑の実（どどめ）を取り、食べるのが楽しみでありました。

上州地方でしたから養蚕が盛んで、桑畑が沢山ありました。

桑の実（どどめ）が実り、紫色の甘い実です。口の周りを紫色に染め、争って食べたものです。

ジャムを作ってもらう家庭もありましたが、我が家では作ってもらえませんでした。

上級生に誘われて山に入り、沢蟹を捕った思い出もあります。谷川に下り、石を裏返しにし、蟹を探します。食糧不足の時期でしたので、貴重な蛋白源として、親に喜ばれたようです。

私は家に持って帰ったことはありませんでした。捕るのが楽しくて、何度も行ったのですが、みんな、上級生に渡してしまいました。

大きいのでは甲羅が3センチから4センチくらいのが沢山いました。湯がいて食べていたようです。

幼き頃から自然の中で遊び、自然人だったのが懐かしく思い出されます。

山で頭を強打し、脳に異常が現れたこと

山によく遊びに行くことがありました。

山に山栗が実る頃でしたが、斜面に栗の実がたわわに実っている木がありました。

それを取るため枝に飛びつきました。枝がしなって下に下がり、岩に頭を強打し、し

ばし気を失ったのです。出血したので、幸いであったのかもしれません。小学4年生の頃でした。

その後、教室で、授業中に黒板を見ていると突然、画面がスーッと遠くへ離れていくことが半年ほど続きました。

字がぼやけることはありませんでしたが遠くなり、小さくなる現象が続いたのです。また小さくなり始めたな、と感じながら楽しんでいる自分を発見したものです。

後頭部を強打し、脳にショックを与え、損傷していたのかもしれません。

ジーッと見つめていると遠くへ行ってしまう現象で不安を抱いたこともありましたが、家族にも相談することはありませんでした。誰にも相談しませんでしたが、特異な経験をしました。

その影響かはわかりませんが、他の人と物の見方や考え方が異なってしまうと思うことがあります。

腕白で、自然の中で遊び歩き、自然人として成長してきたことが、改めて普通の子供と異なった子供になったなと思います。

体力には恵まれ、走るのも速く、50メートル走の記録も持っていました。

中学3年の体力測定で野球のボールの遠投で、私の遠投は校舎の屋根まで行き、100メートルを超えて計測不能でした。

野球部の部長が80メートルほどでしたから、ずば抜けていたと思います。

鉄棒も得意で、大車輪もできました。

ちなみに中学はテニス部に入り、頑張り、2年生の時、県大会の出場権を取りましたが、県大会には学校が行かせてくれませんでした。大変悔しい思いをしました。

高校では100メートル走の計測で、運動靴で12秒3の記録を出し、陸上部から声が掛かりましたが、中学時代からやっていたテニス部に入りました。

扁桃腺の切除手術

幼き頃より風邪をひきやすく、扁桃腺が腫れて声が出なくなることが毎冬あり、高熱が出て苦しみました。

学校で切除手術をしてくれるとのことで、受けることにしました。風邪をひくと1週間ほど声が出なくなってしまいますので、思い切って受けたのです。

思えば不衛生甚だしい手術でした。口を大きく開け、特殊なハサミを差し込み、腫れた扁桃腺を切り取るのです。血も沢山出ましたが、消毒薬を塗って終わりです。両側を一度に手術をするわけにはいかないので、1週間後にまた手術をしました。切り取った肉片はバケツに投げ込んで終わりです。

簡単にやったものだと今考えれば恐ろしいことでありました。

その後は風邪をひいても扁桃腺が腫れて、声が出なくなるということはなくなりました。その後、中学生になった頃、扁桃腺を手術する知人があり、病院で大掛かりな手術を行うのを見ましたが、昔やった私の手術は、教室で椅子に座り、実に簡単にやりましたが効果は変わらずにあったから、あの手術をした先生は凄いことをしたのだなと感心しました。

昔は予防注射も同じ針で、数十人、回し打ちをしていました。

今では考えられないことです。それでも、大過なく生きてきました。

運が良かったのでしょうか。

忘れられない「牡丹餅の味」

小学校5年生の時、隣町、群馬県鬼石町で毎年行われる夏祭りがあり、街中を山車が8台も引き回されていました。近隣では大きなお祭りでした。

渡瀬村からは歩いて20分ほどで行ける町です。町の中心地に父の妹が嫁いだ旅館があり、そこに行くことがたびたびあったのです。

祭りの暑い日に、叔母さんからもらって食べた牡丹餅（秋ならおはぎ）の美味しさを忘れることができません。

冷蔵庫など一般家庭にはない時代でした。旅館には冷蔵庫があり、冷たく冷やした牡丹餅です。それを口の中に入れた時、歯茎に感じた冷たさと甘さが口いっぱいに広がり、驚くほど美味しかったのを印象深く覚えています。こんなに美味しいものがあるのかな、と驚きました。

それ以来、牡丹餅（おはぎ）が大好物になりました。

今では、おはぎを冷蔵庫で冷やして食べるのが楽しみになりました。物が豊富にある時代でなかった時の強烈な味でした。

数年、祭りの時に、牡丹餅を楽しみに出かけていったものです。

昼間は山車が街中を練り歩き、夜になると、祭りの最後に旅館の前の交差点で、8台の山車が太鼓の打ち合いをして終わるのです。

祭りの最後を旅館の2階から見て楽しんだことを思い出します。

勉強をしない劣等生

小学校低学年の頃、全く勉強をせず、遊び歩いていました。

11人兄弟で兄が7人、姉が2人、末っ子の妹が1人です。

兄たちが兄弟喧嘩をすると、負けた方が下の者にあたり、また下の者に腹いせにあたります。10番目の私まで来て、妹にあたると、末っ子は両親にとっては特別可愛いのでしょう。私が両親から怒られます。

ですから、兄たちにトラブルが起きたら、私は逃げることを優先して家から離れます。家の近くで遊んでいると兄たちに見つかり、家に帰れと怒られます。

昭和20年代、戦後間もない頃の厳しい時代です。兄たちの何代ものお下がりを着て、汚い恰好をしていたのを、他人に見られるのを嫌ったのでしょう。そのため、私は小さい時より家から離れて遊ぶようになりました。

子供は遊ぶ場所の距離は、家を中心に年を重ねるごとに離れていきます。私は年齢に関係なく、兄たちから離れるために遠くで遊んでいたわけです。

夕方、遊び疲れて家に帰り、夕食を済ませると眠くなり、宿題もせずに寝てしまい、勉強はほとんどしませんでした。成績が良いはずはありません。

兄貴たちはみな優等生で、卒業式には皆表彰されました。

私だけが劣等生でした。そのため「お前は馬鹿だ」が私の代名詞のようになってしまいました。

私がそろそろ勉強をしなければいけないと思い始めたのは、中学1年生になってからです。

人生にとり大変影響を与えてくれた良い先生に恵まれたことがきっかけです。理科の先生で、引田先生といいます。「ミミズと亀」の話をしてくれました。

授業の始まる時に、先生がビーカーを持ってきて教壇の上に置き、こう質問されました。

「ここに『ミミズと亀』がいると思ってくれ。ミミズをビーカーの中に入れる。亀をその横に置く。亀の好物のミミズが見えるわけだ。亀はどうするだろうか。君たち、考えてくれ」

3分ほどして先生が言いました。

「亀はミミズを食べることができただろうか。食べることはできないよな。皆なら上から取ればいいよな。亀は二次元の世界なのだ。皆は三次元の世界なのだ。上下という概念が亀にはないのだ。

なぜ勉強をしなければならないか。沢山の知識と経験が物事を解決するのに必要なんだよ。そのために勉強をするんだよ。いい大学やいい会社に入ることではないんだよ」

この時、なぜ勉強が必要なのかが理解でき、自分から進んで勉強をするようになり、中学3年間で兄たちに追いつきました。

「倫理」との出会い

昭和30（1955）年、中学1年生の時のことです。

近所に動物の縫いぐるみを制作する工場がありました。縫いぐるみのできる工程が面白く、見るのが楽しくて、勉強もせずに、その工場に、時々遊びに行っていました。そこの社長さんから、「朝早いけど、『朝起き会』に来てみないか」と誘われました。

社長さんは、小学校3年生の男の子を突然亡くしました。悩まれ、各地の宗教団体に相談に行きました。それでも心は解放されず、行き着いたところが、杉並の「倫理研究所」だったのです。

倫理相談を受け、心が解放されたんでしょう。そして、地元に倫理の勉強会を開くことを託されたのです。

埼玉と群馬の県境の地で、児玉郡渡瀬村に朝の勉強会「朝起き会」を開設するよう指導を受けたとのことです。

公民館を会場に、毎朝5時からの勉強会です。

中学1年生から3年生まで、毎日は行けなかったけど勉強に行きました。人生の生きる道を学ぶ場であり、朝早いのでつらいこともありましたが、沢山の学びを得ました。中でも自己啓発の教えは心に響くことが多くありました。

「万人幸福の栞」の中に書かれていることが、大変役に立ちました。

全て受け入れる、そのまま受け入れる。少年の心に強く染み込んだのです。


その頃から私の周りも変わり始め、人との交わり、他者の意見の受け入れ方など、自己向上に役立ち、その後の人生に大変役に立ちました。

他人の欠点を直そうとしてもうまくゆかぬ。己の心を改めれば、解決します。

「鏡に映った顔の汚れを落とすのに鏡を拭くようなもので、落ちない。自分の顔の汚れを拭けばよい」

他にも沢山ありますが、特に心に刻まれたことは、「真の働き」についてです。「万人幸福の栞」の中に「まことの働き」を説いたところが4か所もあり、仕事は「儲ける仕事と儲かる仕事」があることを教わりました。これが私の人生で、仕事に対する姿勢に大きく影響を与えたことでした。

天神山の庭園

原善三郎の別荘ともいわれ、本家の所有で神流川に沿って1万5000坪ほどの庭園です。横浜の三渓園の元を造った原善三郎氏の実家の裏にあり、贅を尽くして造った庭園です。

春は桜の花見を地元の人が楽しみにしていて、公開されていて、誰でも入れました。芝生の平坦地もあり、別荘が2棟ある豪華なものです。

近隣からも花見に来る名所でした。池もあり、水生植物もあり、夏は蛍の乱舞も楽しめました。

川を見下ろす眺めの良い岩の上に東屋があり、自然を楽しむことに事欠かない所です。

中学生の頃はよく一人で、散歩に出かけました。ほとんどの時間、誰もいない静かな場所であり、読書をするのに最適でした。

小鳥の鳴き声を聞きながら時間を過ごすことが多々ありました。

自由に出入りできる、村民の憩いの場所でした。現在は、自由に出入りはできません。

城峯山への毎年の登山

中学1年生から高校3年生までの6年間、毎年5月5日に城峯山《じょうみねさん》に登山しました。

神流川を上流へ自転車で走り、吉田集落で自転車を置き、登山しました。その道を歩く人はほとんどなく、いつも一人でした。5月初旬は道を落ち葉が覆い、歩くたびにカサカサと音がし、誰かが後を追いかけてくる感じがしました。

雑木林を抜け、山頂に近づくと、見晴らしの良い所に出ます。

山頂には展望台があり、そこで数名の登山者と会います。秩父方面からの登山者です。毎年出会う人がいて、また来年も会おうと約束して別れるのです。

関東平野や秩父盆地、武甲山や両神山が見えます。山頂には神社もあり、その横に平将門の隠れ岩などがあります。

山頂でしばらく過ごして下山し、自転車で道を40分ほど下り、渡瀬まで帰ります。

秩父の郵便局の人と毎年出会い、記念切手などを送ってもらったこともあります。

熊谷市から来た3人組の美しいお姉さんたちも常連でした。

山にはワラビやゼンマイが生えていましたが、採取したことはありませんでした。

殺人者になるところであった

中学3年生の夏です。同級生と、その近所の一つ下の男の子と川原で遊んでいる時でした。

村の南に位置した所に西武化学工業があり、神流川の川原で砂利を採取していました。機械を使い、砂利を掘り、深さ2メートルほどの池のような水辺でした。

３人で遊んでいましたが夏でしたので海水パンツをはき、同級生と私は泳いでいました。疲れると岸に上がり、平たい石を投げ、水切りなどをして遊んだのです。一つ下の子は泳がないので、促したりしましたが、水に入ろうとしません。

川で泳ぐと、普通流れがあるから深い所があっても浅い所に流れていくので、泳ぎが得意でなくても安全です。

しかし、そこは砂利を機械で採取した所であり、深く、流れもほとんどない深みでした。

私はまさか、男の子が泳げないとは知らず、なんで泳がないんだと勧めましたが、水に入らないので、私は彼を水の中に突き落としてしまいました。

流れのない所で泳いだことがなかったようで、溺れ、もがいていました。友人に泳げなかったのかと聞きましたが、知らないとのこと。私は直ぐに飛び込み、彼を救出しようとしました。抱き付かれ、私も沈むしかなく、底まで沈み、足を踏ん張り、浮き上がり、空気を吸って、また沈む、を繰り返し、やっと岸までたどり着きました。死ぬかと思うほど苦しかったのです。彼は水を飲んで、ゲボゲボ吐いていました。

何とか岸にたどり着き、死なずに済みました。殺してしまうところでした。

運動会の思い出

私は走るのが速く、運動会ではいつも1着で、賞品をもらいました。

運動会はいつも目立ち、楽しい行事でした。

この頃、近隣の小学校や中学校で運動会があると、他校リレーという、近隣の7、8校のチームで争う競技がありました。

小学校の時は優勝はできませんでしたが、私はいつも2位か3位でした。足袋をはいて走る時代でした。

中学生になり、1年から選手に選ばれ、出場していましたが、優勝はできませんでした。3年生の時、スパイクをはいて走るようになり、より速く走れるようになりましたが、5倍ほど大きな町の児玉中学校の生徒にはなかなか勝てませんでした。サッカー部の一人がとびぬけて速く、彼の走りにはかないませんでした。

男女混合4人のチームか、男女別々の4人チームでしたが、私がバトンを受け取るのはいつも2位か3位でした。

3年生の時、群馬県鬼石町鬼石中学校の運動会で、やっと念願の優勝テープを切ることができました。この日は母校の渡瀬中学校の運動会でした。優勝旗を持って帰ってきまして、グラウンドを1周歩いて行進をさせてもらいました。

運動会でもらったノートや鉛筆で、1年間は間に合うほどでした。

女子高生に「ドキッ!」

高校2年の時、音楽部を作りました。普通科は男子だけで、家庭科と農業科が1キロほど離れた所にあり、家庭科に女子生徒がいて、混声合唱をすることができたのです。家庭科のある校舎に行っての練習でした。

普通科には音楽の教科はありませんでしたので、先生もいませんでした。

1年生の中に、小さい時からピアノを練習している生徒が2人いましたので、練習をリードしてもらいました。

私は部長になり、練習に苦労しましたが、3年になったらNHKの合唱コンクールに出る計画を立てたのです。

藤岡女子高には音楽の先生がいましたので、たまに指導を仰ぎました。

藤岡女子高の音楽部の部長との交流もあり、何度か会うことがありました。

その時のことです。自転車に乗る時に、セーラー服のスカートの腰のボタンが外れていて、白いももが一部見えてしまったことがありました。「ドキッ!」としました。

白い肌が鮮やかであり、女学生の美しさを感じたのです。

美人であり、市の有力者のお嬢様でありました。

残念ながら、原因は何かわかりませんが、秋に若くしてお亡くなりになりました。

悲しい青春の思い出であります。

音楽部はコンクールを目指して猛練習をし、合唱コンクールに出場を果たしました。

指導者の先生がいない中、予定したコンクールに出場ができ、満足でありました。

彼女の死は、悲しい思い出として心に刻まれました。

2年浪人が決まった日　起業への決意

兄たちは東京の一流大学を卒業し、社会人として企業で働いていました。

小さい時から「お前は馬鹿だ」のレッテルは常について回っていましたので、大学も遠くへ行きたいと思い、私は神戸大学を受験しました。

力不足で2年浪人し、3度挑戦しましたが、入学を果たせませんでした。

大学の環境は六甲山の中腹にあり、瀬戸内海を見下ろせる絶景です。また、一橋大学と神戸大学だけがケインズ経済学を採用し、他の大学はマルクス経済学を採用していました。

是非とも神戸大学に入りたいと思い浪人しました。しかし、不合格でした。

浪人1年目の年、私立大学もいくつか受験しましたが、全て不合格の通知が来ました。

当時、子供が沢山いたため、父が東京の目黒区大岡山に古い家を買い、子供たちの独身寮として通学させていました。結婚したら出ていくことにしていました。

私は浪人していた当時、４つ上の兄と２つ上の姉と３人で暮らしていました。

最後の不合格の通知があった日、兄から大変きついおしかりを受けました。

兄弟の中で、２年浪人した者はいませんでした。

もう1年浪人生活をしなければならないと意気消沈している私に対して、兄は大きなショックを与える言葉を言いました。

「お前は馬鹿だから、こんなことになるんだ。２年浪人するということはどういうことかわかっているのか。働く期間も短くなるし、出世も遅れる。２年浪人するということは大変な損失になるのだぞ。お前はわかっているのか。お前は馬鹿なんだから。どうしようもない奴だ」

何度も「お前は馬鹿だから」を繰り返していました。

その時代は定年が55歳で、出世も年功序列が普通でした。

サラリーマンになるなら兄の言うとおりです。

この状態で何度も言うことなのかと反感を覚えましたが、聞いているしか方法はありません。

そこで、私はある決心をしたのです。私はサラリーマンにはならない。と、兄たちとは別の道を歩こうと決心したのです。耐えに耐え、兄の小言をやり過ごしました。そこで、起業家になろうと思いました。

2年目の浪人生活は、必死でした。1年間頑張って、また神戸大学を受験しましたが、縁がなかったのか入れませんでした。幸い早稲田大学に合格できましたので、早大生となりました。

大学生活は普通の学生と異なった生活を送り、事業家の道を開くための準備をしました。サラリーマンにならない人生を歩むにあたり、起業せねばならない。資金が必要になる。どう資金をつくるか。両親は高齢であり、早く安心させてくれというのを口癖のように言っていました。

サラリーマンにならない決意で大学に入りましたので、何をしなければならないかを視野に入れ、学生生活を送りました。

事業をやりたいから資金を出してくれと、親に頼んでも無理なことは明らかです。何をするかわかりませんが、事業資金は自分でつくらなければなりません。

大学1年生の夏からアルバイトを始めました。帰郷した時、列車に乗り合わせた女性が日本ハムの社員で、お中元のアルバイトの人を探しているとのことで、日本ハムの売り場でアルバイトをすることにしました。

有楽町のそごうデパートのお中元売り場に配属されました。

日本ハムは鳥清ハムと徳島ハムが合併してできたばかりの会社で、お客様の知名度は極めて低く、戸惑いました。

懸命に働き、知名度の低さを克服し、売り上げを向上させ、会社の目標をはるかに超え、終了時には、アルバイトの私がボーナスをもらったのです。

冬にはお歳暮売り場を任され、取り仕切りました。この時も売り上げ目標を超え、会社の予想をはるかに超え、特別手当をいただきました。

2年生の夏は、新宿に京王デパートがオープンし、そこの日本ハムのお中元売り場を任され、アルバイトも見つけてきてくれとのこと。会社への注文から、アルバイトの残業管理まで任され、記録も私がつけて会社に報告することとなりました。売り上げを向上させるためにアルバイトにも色々便宜を図り、意識向上に努め、売り上げを会社の目標をはるかに超えるまでにし、アルバイトでしたが特別手当を支給してもらいました。

デパートで働く他の売り場の学生の2倍程度の手当をもらいました。3年生の時は、池袋の西武デパートで売り場を全て任されました。ここでも成績を上げ、特別ボーナスをもらいました。

お中元のシーズンを終え、8月は知人の紹介で新宿のキャバレー「ムーラン・ルージュ」でボーイのアルバイトをしました。私はお酒を飲めないので、その世界のことはほとんど知らなかったので、それを覗いてみたいと思い、アルバイトをしました。毎日、ステージで音楽や踊り、コントなどが行われ、楽しいものを見せてもらいながらのアルバイトでした。

支配人から、あなたは特別紹介者があるから配慮はするが、アルバイトだとは他のボーイにはわからないようにしてくれとの注意がありました。

先輩が東南アジアに旅行に行った時に、世話になった方の娘さんが台湾からの留学生として来ました。後輩の私が面倒を見ることになり、手続きなどをさせてもらいました。その母親がキャバレーの経営者と知り合いで、紹介してくれました。

ボーイの番号は36番でしたが、出入りが激しく、アルバイトが終わる時には16番まで上がり、1か月で良い客のテーブルを持たせてもらいました。

お客様からチップをもらうのですが、良い客のテーブルを担当してから、多額のチップをいただきました。

ホステスさんがお客様に、チップをあげてと頼んでくれたりしました。

一流のキャバレーでしたが、それでもホステス同士のトラブルもあり、取っ組み合いの喧嘩も何度か見ました。大変勉強になったアルバイトでありました。


その秋に北海道旅行に行き、層雲峡で貸自転車業を始めるきっかけをもらったのです。沢山の人にお世話になりましたが、私の起業家としての出発点です。

この時知り合った北海道出身の先輩のボーイの方に、層雲峡で貸自転車業を始める時に手伝ってもらうことにつながったのです。

スーパーの息子でしたが、半年間協力していただきました。

これが私の事業家としてのスタートでした。

先輩からの大変ありがたい迷言

大学に入学して間もなくハガキが来ました。高校の先輩からで、新入生歓迎会を開いてくれるとのこと。大学の近くの蕎麦屋の2階へ来るようにとの内容でした。

指定された蕎麦屋に提示された時間の少し前に着き、2階へ上がり、襖を開け、「今度、法学部に入りました原です」と挨拶しました。

奥の床の間の前にどっしりと座っていた体の大きな先輩が、「お前が原か。よく入ってきたな。こっちへ来い」と招かれ、前に座りました。

「頑張ったな。よく入ってきた。ところでお前は勉強が好きか？」と聞きます。

返答に困っていると、「よしお前は学者になるつもりはないな。もう勉強はするな。思いっきり遊べ」とのことでした。どういう意味のことなのかなといぶかっていると、幹事様から「揃いましたので始めます」との声が掛かり、話はそれで終わりになってしまいました。同年に1年浪人して入学してきた後輩がいました。彼が来たので始まったのです。

「学者にならないのなら、もう勉強はするな。思い切り遊べ」とはどういう意味なのかと考えながら会を終えました。

その後、この先輩から、どういう意味なのか聞くことがかなわず、平成27（2015）年に先輩は亡くなってしまいました。

私なりに考え、学生時代を送りました。思い切り遊べとは社会勉強をしろという意味であろうと解釈し、クラブ活動や社会活動に力を注いだのです。

沢山の人と出会い、話を聞き、討論をし、社会勉強をしました。

アルバイトにも精を出し、資金をつくり、4年生の時の貸自転車業起業につながったのだと思います。

先輩に感謝。沢山の人たちにお世話になり、感謝に堪えません。

皆様、ありがとうございました。

学生のたまり場「玉藻」

私は埼玉県出身ですが、高校は群馬県に通っていたので、大学では群馬早稲田会に入り、たまり場として、大学の早稲田通りにある、うどん屋の「玉藻」を利用していました。学生が沢山出入りして、人気のある讃岐うどん屋でした。

ママさんに可愛がられ、毎日出向きました。

群馬早稲田会は、小渕恵三先輩が衆議院選挙に利用することが期待されるために作ったのかなと思いますが、群馬県出身の早稲田の学生の交流の役に立っていました。

大学正門でスクールバスを降り、正門を通り抜け、そのまま「玉藻」へ行くことが多く、そこから授業に出向くパターンが多かったのです。

そこで知り合ったのが北海道室蘭の出身の先輩で、司法試験を狙って大学院に在籍していた男性です。親しくなり、北海道への旅行を考えていることを伝えると、「秋、9月末から10月にかけて行くのがいいよ。晴天に恵まれるし、山の紅葉も始まる。帰る頃は都市部も紅葉が始まっている」とのことでした。

この時の一人旅が、貸自転車業を始めるきっかけとなったのです。

帰りに室蘭に寄り、その先輩の実家に泊まらせてもらいました。

起業家の道を歩むきっかけをつくってくれた先輩に感謝しています。


群馬早稲田会は「玉藻」を事務局代わりに使い、私が1年生の時、先輩たちが江利チエミを招いて慈善音楽会を開き、チケットを売りさばくこともしました。

板橋区にある児童養護施設への支援でした。

2年生の時、ペギー葉山を招いての慈善音楽会を中心になって開催しました。

パンフレットの広告取り、チケットのデザイン依頼から制作、販売もしました。

ペギー葉山の所属するプロダクションや学生バンドなどの出演交渉などもし、頑張りました。大学は出席を取る授業以外は、ほとんど出ずに活動しました。

この慈善音楽会は、群馬県渋川市にある「しきしま学園」のお風呂場建設が目的で計画したものでした。私自身チケットを300枚ほど売りさばき、神田共立講堂を満杯にしました。

出演料も破格の値段にしてもらい、ペギー葉山は15分ステージ2回で30万円でした。通常の3分の1です。

当日、施設の子供たちも招待し、子供たちが摘んだワラビをペギーにステージ上でプレゼントさせてもらいました。

ペギー葉山も感動し、終演後に出演料のうち10万円を子供たちにやってくれと寄付してくれました。

それを合わせて、合計48万円の利益を全て寄付し、立派なお風呂場が完成しました。完成した後、学園に招待され、お風呂場を見学させてもらいました。

帰りに、学園の生徒全員で見送ってくれ、やってよかったなとしみじみ感じ、電車に乗って帰郷しました。

今までは、ドラム缶のお風呂に入っていたそうです。昭和39（1964）年のことです。

群馬早稲田会はその後、慈善音楽会のご後援をいただいた会社、お世話になった人たちへのお礼など、後始末をしました。

次の年、先輩たちとの交流会を後楽園小ホールで開催し、職責を果たしました。

3年生の1年間で正規の授業に出たのは、期末試験直前の2時間だけでした。

しかし、正月明けに朝から図書館に入り、期末試験の準備をしました。

1日に1科目ずつ、教授の出している本を何冊も借りて、読書室で夜までかけて読み、1科目につき20問の問題を作り、レポート用紙1枚裏表に答えを作り、全科目を10日ほどで終わらせました。

友人に教授が試験範囲を発表したら、それを聞き出し、解答を作りました。

私が教授なら、こんな問題を出すであろうと想像し、問題を作りました。

それが終わったら1科目10問に絞り込み、答えを暗記します。1日2科目ないし3科目をこなす。そして前日までに3問に絞り込み、暗記して当日の試験に挑んだのです。

幸いに、全科目絞り込んだ3問の中から出題されました。

専門科目であるので、解答用紙の表裏の全面に解答を書くのです。

ほとんどの科目で、優の成績をもらいました。

授業には出ませんでしたが一つも単位を落とさずに卒業することができました。勉強の仕方、工夫で乗り切りました。要領が良かったのかもしれません。

４年生時には、北海道層雲峡で貸自転車業を開業し、成功し、９月末に帰京、大学に戻りました。それでも通算４時間しか授業には出ませんでした。

４年間を通して色々利用させてもらった、「玉藻」のたまり場は大事な場所でした。

野生の柿

大学2年生の時、２人の早稲田大学の友人を実家の我が家に招き、登山を計画しました。

田舎の我が家に泊まり、翌日バスに乗り、城峰山《じょうみねさん》に登山しました。

秋の紅葉の美しい時期でした。秋の山の景色を堪能し、下山を始めました。

山道を下りてくる途中に、柿の実がたわわに実っているところに出合いました。

近くには人家らしきものもなく、所有者らしき者も見つかりません。

友人と、凄いなあ、あんなに実っている。渋柿だろうか、甘柿だろうか、と話しながら木の根元に行きました。

実をもぎ取って、かじってみました。甘い、美味しい。そこで3人で実を取り食べました。所有者はいるのだろうけれど、わかりません。野生の柿だ、と言い訳しながら食べました。

少し下山してきたら人家があり、垣根から柿の実が出ているところがあり、あれは野生の柿ではないな、などと言いながら通り過ぎました。

あれは本当に野生の柿だったのでしょうか。そんなはずはない。昔、あそこに人家があったのではないかと想像しました。

勝手に野生の柿にしてしまったのにすぎません。野生の柿にすれば、罪の意識が消えます。


後年、貸自転車業を始めて3年目、冬場に九州の熊本県天草五橋に支店を出した時のことです。大矢野島の2号橋の手前に店を出しました。

そこにはドライブインやレストランがいくつかあり、夜、若者が集まる場所がありました。その島ではミカンの生産が盛んに行われ、甘みの強い美味しいミカンでした。

私が野生の柿の話をしたら面白がり、話題が沸騰しました。

その夜、若者たちが野生のミカンと思えば罪の意識が薄れると言いながら、ミカンを盗みに行ったのです。それが所有者に見つかり、怒られたということがありました。

私は仲間に加わりませんでしたが、罪の意識を感じました。

若者の短絡的な発想で、とんでもないことをするものだと反省しました。

その場所のレンタサイクルは1年で撤退しました。

レンタサイクルの開業

昭和40（1965）年9月末、北海道へ一人旅に出ました。

当時、周遊券は16日間有効で、急行列車はそのまま乗れました。若者にとっては大変有利な切符でした。

大きなリュックサックを背負い、着替えを沢山詰め込み、東北本線八甲田号での出発でした。リュックサックは先輩からの借り物で、先輩が東南アジア旅行に使ったもので、日の丸の旗が縫い付けてあるものでした。日の丸を付けたまま旅行することが借りる条件でした。

ユースホステルを利用しての貧乏旅行でしたので、周遊券の使えない地区はヒッチハイクなどをして旅行をしました。

ユースホステルでは色々な情報を得ることができ、仲間もできました。

層雲峡へ行ったら、大函《おおばこ》まで歩いた方がいいよとの情報は各地で聞きました。

9月末には北海道の山間部は紅葉が始まり、素晴らしい景色を堪能しながら旅行を続けました。晴天にも恵まれ、楽しい旅行でありました。

5日目に旭川から層雲峡へ向かいました。国鉄で上川駅まで行き、層雲峡行きのバスに乗り出発しました。当時、北海道は新婚旅行のメッカで、新婚カップルが沢山いて、羨ましい光景がいっぱいでした。

出発して10分ほどで渓谷にさしかかってきました。天気が良く日差しも強かったのですが、窓際は全て新婚客で埋め尽くされ、日差しを避けるため、カーテンを閉められてしまっていました。

渓谷の景色が見られません。補助席の客は高い渓谷の岩などは少ししか見られませんでした。5キロくらい渓谷が続きましたが、滝の所で少し停まってくれただけで、やがて層雲峡に着きました。

歩いた方がいいよと言っていたのはこういうことなのか、と納得しました。

宿に着き、同室の数人に、「渓谷を歩いて戻りませんか」と誘い、食事前に3キロほど渓谷を戻りました。紅葉の真っ盛りで、大変きれいでした。

食事の後のミーティングの時に、「明日、大函まで歩きませんか」と誘いました。誰一人も賛同者がいませんでした。荷物が重い、疲れる、時間がないとの理由でした。

大函までの8キロは約2時間の行程で、滝が8つあり、柱状節理の岸壁が沢山ある絶景地です。ちなみに、昭和62（1987）年に柱状節理が崩壊し、3人が下敷きになる死亡事故が起こり、道路が不通となり、素晴らしい渓谷は今は見られなくなってしまいました。

翌朝、皆より1時間早く出発し、写真を撮りながら渓谷の景色を堪能し、大函からバスで網走方面へ旅を続けました。バスで、誘った人たちに声を掛けたら、全員、「歩けばよかった」との返事でした。

そこで、バスから降ろす方法はないかと考え、自転車があったら便利だろうなと考えました。ここで貸自転車があったら旅行者は喜ぶであろうなと、貸自転車業を開業することを計画し、旅行中も考えながら16日間の旅行を終えました。

素晴らしい旅行でありました。

貸自転車業を始めるのにあたって、どのくらいの観光客が北海道に行くのだろうかとの市場調査をするため、北海道庁や北海道新聞に連絡し、調べましたが、あまり参考になる情報は得られませんでした。

まず、層雲峡に店舗を構えるのにどうしたらいいのか。

大学の先輩で衆議院議員の小渕恵三氏に相談しました。私の話をよく聞いてくれ、国立公園局の課長を紹介してくれ、直接会うことができました。また、北海道選出の運輸大臣を経験した松浦周太郎衆議院議員を紹介してくれました。

国立公園局は厚生省にあり、環境庁はまだできていない時期でした。

課長は、「面白い発想だ。場所さえあれば、新しい業種であるが許可には問題はない」と言ってくれました。有名な観光地であるから、場所を探すのが難しいだろうな、とも付け加えていました。

松浦周太郎先生を後日訪ねると、議員会館の部屋で会ってくれました。

松浦先生とは机を挟んで、1対1での面談でした。緊張しましたが、自分のやりたい貸自転車の夢を熱く語り、先生に訴えました。若かったからできたのかもしれません。

松浦先生は、「面白い発想だ。軟弱な青年の多い中、君みたいな青年もいるか」と、応援してやろうとの言葉をいただきました。

地元の秘書や町長、ホテルの支配人など何人も紹介していただき、北海道に向かいました。

昭和40（1965）年12月に層雲峡に出向きました。貸自転車業を開業する場所を探すためです。

バスターミナルの裏にある国立公園管理事務所にレンジャー（管理人）を訪ねました。

要望を話し、相談に乗ってくれるようお願いし、頼み込みました。

空いている土地はないと言われました。ここは国有地で民間に貸し出し、利用してもらうにあたって条件があり、建物を建てるのに全て許可が必要だ。ただ一つ、当局で困っている物件がある。この前にある、バスターミナルにある条件違反物件のことである。ターミナル建設にあたり、1業種1社との条件付きで国有地を貸し出した。日本通運が荷物の受け渡しのため店舗を確保し、当初は良かったが、取扱荷物が少ないため採算が合わず、株を商店街のお土産屋に譲渡して撤退していったとのこと。ターミナルの中には当初より土産店があり、新たな土産店を開業するのは土地の貸し出し条件に違反することになります。しかし1年間無理やり営業をしていたのです。レンジャーにその人の所に同行をお願いし、貸してくれるようお願いいたしました。所有者は菊谷清三という人でしたが、若くして徳島より北海道開拓に入り、苦労を重ねて、この層雲峡で土産店を出し、成功した人です。また、株を譲り受け、支店を出すまでになった人です。

私に対し、「若いからそんなことを考えるのだ。失敗するからやめなさい」と説教されました。

私は夢を諦めきれずに重ねてお願いをしましたが、だめでした。

話の中で、松浦周太郎先生の紹介でここに来たという話が出た時、菊谷氏の顔色が変わりました。

「松浦周太郎先生を神様のように思っている。昔から応援をしているんだ。色紙や掛け軸もいただいている。松浦周太郎先生を知っているのか」とのことでした。

私は帰京して、松浦先生に頼むしかないなと思い、その場を離れました。

帰京して議員会館に松浦先生を訪ね、事情を話し、菊谷様の立場をお知らせし、先生の指示を仰ぎました。

「菊谷君か。わかった。私が手紙を書こう」と、秘書に硯と紙を持ってくるように指示し、自ら墨をすり、巻き紙に筆を走らせ、菊谷氏への手紙を書いていただきました。

「これを持っていきなさい。菊谷君によろしく伝えてくれ」と渡してくれました。

それを持ち、年明け早々に、厳冬の北海道へ飛びました。

菊谷氏宅を訪ね、手紙を渡しました。手紙を読んで、菊谷氏は天を仰ぎ、『松浦先生から直接頼まれたら、断れないよ。とりあえず1年だけ貸してやるよ。家賃はどうせ失敗するから秋に支払えたらで、いいよ」とのことで、開業の店舗を確保することができました。

紹介されたホテルの支配人や町長、旭川市にある松浦事務所の地元秘書などに挨拶をして帰京しました。

後日、松浦周太郎先生には『天尊人和』というお言葉を色紙に書いていただきました。

年明けに、早稲田大学の紛争があり、期末試験が実施できず、実施の知らせがあるたびに大学に行くのですが、ボイコットされ、実施延期を繰り返しました。

その年の4年生は卒業試験を受けられず、レポートを提出して卒業していった異例な年でした。

3年生以下の学生は5月中旬にやっと試験を実施し、進級しました。

貸自転車業の開業準備をしながらの試験でした。

両親には、北海道層雲峡で貸自転車業をやりたいので、サラリーマンになって安心させてくれとの気持ちにはそむくけれど許してほしい、と頼みました。

許しはもらえませんでした。6月に開業のため、北海道に行く前に、もう一度、両親に許しを請うために帰郷しました。でも許されず、不敬にも最後に両親に向かって、「幸い11人兄弟です。途中で一人いなくなったと思ってください」と言い残して、北海道へ出発しました。

青函連絡船で青森の岸壁を出る時、甲板に出て、港の岸壁を睨むようにして立ち、見えなくなるまで動けませんでした。

車の免許は、いきなり大型免許試験に挑戦し、地元群馬県藤岡市の教習所と東京を行ったり来たりでした。学園紛争の悪条件での挑戦で、ついに免許は取れずじまいで、6月の開業を迎えました。

アルバイトで貯めた38万円で自転車30台を東京で購入し、6月初めに送り、上川町の自転車屋で組み立て完成してもらい、6月末までに準備完了しました。

キャバレーでのアルバイトで知り合った北海道出身の友人に手伝ってもらい、トラックも買い、運転も頼みました。東京から従弟と大学生4人に手伝ってもらい、6月30日に開業できました。

店舗はバスターミナルの角で、ロープウェイ乗り場に向かう道に面した所です。黒岳ロープウェイもその年6月初めに開業しました。

その当時はレンタサイクルという言葉は使われていませんでした。

店の名前は『貸自転車業　原サイクリング観光』としました。

層雲峡と大函までの8キロ、傾斜100分の3のほぼ平坦な道で、往復約1時間から1時間20分ほどで行ってこられるコースです。その年の6月15日に銀河、流星の滝から大函までの舗装が完成しました。開業を待っていてくれたみたいです。

料金は1時間100円、超過料金は10分20円でした。

開店の日、店頭に30台並べましたが、ロープウェイに行く観光客は、こんな山奥に自転車預かりがあるんだね、などと言いながら通り過ぎていきました。

開店の日のお客はゼロでした。地元の小学生に無料で貸してやり、デモンストレーションをしました。

最初のお客様は7月1日の朝、埼玉県加須市の役所を定年になり、北海道旅行に来た男性でした。

それから沢山のお客様に喜ばれました。7月8日には「九州で聞いてきた。層雲峡に行ったら貸自転車があるから、借りたらいいよと言われてきた」と言うお客様が来ました。良いことはこんなに早く広まるものなんだ、と感心しました。

7月中旬には、バスが着くとお客様が走ってきて、申し込み用紙に氏名を書いて順番を待って乗るようになりました。

30台しかありませんから、帰ってきた自転車を点検し、直ぐ貸し出すという繰り返しでありました。8月中旬でしたが、一番長く待って乗ってくださったお客様は実践女子大学の4人組で、4時間30分待って乗っていかれました。

大繁盛で、名物となり、層雲峡に行ったら貸自転車に乗ることが若者の観光コースとなりました。

大学4年生でしたから、9月20日で店を閉め、帰京しました。10月20日頃まで紅葉の季節で賑わいますが切り上げたのです。学生としての意識があったのでしょう。帰京した時に預金通帳の残高は98万円ありました。開業資金は38万円でしたから、かなりの額と思います。

4年生は就職活動をしていましたが、初任給は1万円から1万2千円の頃です。かなりの資金を持ったことになります。心に余裕ができ、金持ちの人に対して、羨ましいという気持ちがなくなりました。

大学の正門前に高級車が停まっているのを見ることがありました。金持ちの息子が助手席に女性を乗せ、誇らしげです。多くの学生は羨ましそうに目をやりますが、私は自分だって車ぐらいは買えるのだと思い、羨ましいとは感じない自分を自覚しました。

年々繁盛し、自転車の保有台数も１２０台まで増やしました。それでも足りませんでしたが、保管場所を確保することが大変でした。

その数年後、株券を菊谷氏から譲り受け、４月末から10月末までの営業を16年間続けました。これが私の事業家としてのスタートでした。

昭和43（１９６８）年から、４月末にテレビ局や新聞社が「北海道の観光の幕開け」とのニュースを報道するため、レンタサイクルの写真を撮り、毎年放送してくれました。

決して無駄遣いはしませんでしたが、自由に使える金は自分にはあるのだと心に余裕ができ、特許を取ったりして、色々と新しい事業に挑戦していきました。

その後、大沼公園や、青森の十和田湖の奥入瀬渓流、熊本の天草五橋、宮崎県の日南海岸に支店を出しました。

層雲峡がうまくいき過ぎたため、市場調査もあまりしなかったことはミスでした。

管理しきれなかったこともあります。特に九州は、「南にあり、冬も暖かい所だ」と勝手に判断しての出店でした。北海道で営業できない冬の間の従業員対策として考えたのです。ところが、日本列島は弓なりになっていて、九州は南でなく西にあるのです。冬は寒く、１シーズンで切り上げました。大沼公園や奥入瀬渓流は3年で引き揚げました。

こうして日本のレンタサイクルの先駆けをつくったことになりました。

恋人と権現山登山

大学3年の12月、貸自転車の店の場所探しのため、東北本線の夜行列車に乗って、青森に向かいました。

その時、列車の中で知り合った女学生と親しくなりました。

青森県弘前市出身の東京の女子大生でした。４年生で、卒業後は青森県立高校の教員になるとのことでした。

色白な美しい女性で、落ち着いた聡明な人でした。

青森で別れ、東京でまた会うことを約束して、北海道へ渡りました。

貸自転車の店探しに奔走し、冬の大雪山の麓へ行き冬の厳しさを経験し、苦労しましたが、松浦先生のお陰で店は確保できました。貸自転車業を開業する夢に向かって進んでいた時で、気力は充実していました。

東京に帰り、彼女と何度かデートをしました。知的で魅力があり、可愛く美しい女性でした。

母と娘の2人家族でした。会って話をしていても、充実感のある楽しい一時であり、大切な女性と感じていました。

「こぎん」という津軽地方の特殊な織物があります。彼女自身が卒業制作で作ったその手織りのネクタイをプレゼントされました。淡い黄色の地に模様の入ったものです。今も大切に保管しています。

また、母が送ってきてくれたと、「世界一」という大きなリンゴももらいました。まだ東京の市場にも出ていない、近年開発された新種のリンゴでした。

初めて見たリンゴで、大きさに圧倒されました。

いつも渋谷でデートし、代官山のアパートの近くまで送るのが常でした。

坂道を歩く時、手をつなぐのが精一杯の関係でした。

卒業が近くなり、青森へ帰ってしまう彼女に私の田舎を知ってほしいと渡瀬に案内し、権現山という海抜３５０メートルほどの山に登山しました。関東平野の切れた地点で、広大な平野と秩父地方へ続く山並みが見える大変景色の良い所で、私は時々登っていた山です。

頂上は岩山ですが危険ではありません。

弁当を食べ、しばらく景色を楽しみました。卒業の後のことなどを話して時を過ごしました。

層雲峡で自転車業を始めることも話しましたが、成功するかどうか未知数でしたから、深い話まではいきません。

そこで彼女と初めての接吻をしました。

下山して私の自宅に案内したかったのですが、兄たちの顔が浮かび、紹介する勇気が出ないまま、バスに乗り、帰京することにしました。

何度かのデートの後、彼女は卒業し、青森に帰り、高校の先生になりました。

その年、６月から貸自転車業を開業し、大成功を収め、９月20日に店じまいをし、帰る途中に青森県鰺ケ沢に寄って、彼女と会いました。高校の先生をしていました。海の見える丘の上でデートをし、色々話をしましたが、私と人生を共にすることは無理であると感じ、別れることにしました。

ホテルの温泉巡り

レンタサイクルの仕事を終え、食事を済ませ、風呂に行きます。

層雲峡には大きなホテルが５つあり、中小ホテルも数軒ありました。

昭和41（１９６６）年に開業にあたって松浦周太郎先生や町長の紹介もあり、ホテルの支配人たちとも顔見知りとなり、「風呂に入りに来なさい」と声を掛けてもらい、利用させてもらうこととしました。アルバイトの人たちに今日はどこのホテルに行くかと相談し、様々な所に行ったものです。大きな浴場で体を温め、疲れを取り、心をいやしました。

秋になり、アルバイトも帰り、一人になると、風呂で寝てしまうこともありました。ホテルの温泉は、一般客や町民は料金を払って使っていたようですが、私たちは無料で使わせてもらっていました。

「千門」の親父さん

昭和41（1966）年6月、層雲峡で貸自転車業を開業する準備をしていた時、私の身の回りにはいないタイプの男性が店に訪ねてきました。

ヤクザ風で、テキ屋などを生業にしていたであろう50代の男性でした。「何が始まるんだい。この場所がよく借りられたな」と言ってきたのです。どのように対応したらよいか迷いました。

話をしてみると、悪い人ではなさそうでしたので、いきさつを話しました。「面白い仕事だ。困ったことがあったら、商店街で『千門』という食堂をしているから、食事でもしに来い」とのことでした。

地元で初めて親しくなった人でした。男気のある人でした。地元の事情など教えてもらい、大いに助かりました。

それから長い付き合いになりました。一人娘の小学生の勉強を見てやったりし、親しく交流をしたのです。

アルバイトを含め数人の食事を作ってもらい、世話になりました。

ガソリンスタンドの従業員や、郵便局の局員なども食事の賄いをしてもらっていました。色々な知り合いができました。

数年して、親父さんが別の所に、「たつの屋」という民宿を始めたりしましたが、数年で経営がうまくいかず、借金が返せなくなり資金提供をしたりしたのですが、結局手放すことになり、私が民宿を譲り受けることとなり、引き継ぎました。

朝4時半からレンタサイクルを営業し、夜は11時まで民宿を営むことになりました。

大変な思いをしましたが、いい勉強になりました。

数年後、「千門」の親父さんは旭川市に転居していきました。

アルバイトの料理長

美味しい餃子作りを教えてもらいました。

何を求めての一人旅なのかわかりませんが、彼は歩いて日本一周を試みている25歳の青年でした。

父を早く亡くし、母と妹の3人暮らしです。

母が休みの日に一緒に餃子を作ったそうです。

白菜など野菜を全て茹でて、きつく絞り、豚肉のひき肉と混ぜ合わせ、よくこねる。そして布巾をかけ、ひなたに数時間置いておく。腐る寸前が美味しいとのこと。

他のアルバイトや私も大丈夫かよと怖がりました。夕食でこわごわ食べてみると、これが絶品でした。

仕事で普段一緒の時間を取れない彼の母が、休みの日に子供と話をする時間を餃子作りにあてたとのこと。一緒に餃子を包みながら、子供の話を聞いたのです。いい母親だったのだなと感心し、料理長にし、アルバイトと彼の料理を食べました。

それから数年後、私が民宿を引き継ぎ、営むこととなり、お客様に餃子鍋を出すようにし、好評でした。

肉が腐る寸前が美味しいとのこと、なかなか勇気がいりますが、火を通しますので、怖がらず、挑戦してみてはいかがでしょうか。

殺人事件の検問

倉本聰の「北の国から」で、黒板純君が帯広から東京へトラックで上京する場面で、お父さんから手渡された土に汚れた1万円札を握りしめ、涙するシーンが印象的でした。

私も20代半ばの昔、ヒッチハイクで、帯広から新潟県長岡市まで、牛を輸送中のトラックに乗せてもらったことがあります。

フェリーで青森の港に真夜中に着き、日本海側を南下しました。港を出て間もなく、ラジオで殺人事件が青森市内で起こり、各地で検問中であるとのニュースがあり、「このトラックも停められるかな」と運転手さんと話していたら、案の定、検問に引っかかったのです。「どこへ行くのだ」と助手席の私にも質問がありました。帯広から牛を運んで大阪まで行く途中で、私は帯広から一緒だと運転手さんが答えて無事通過しました。犯人はヒッチハイクで逃走中とのことでした。

「他人を乗せるのも考えものだな」と冗談を言われ、肩身の狭い思いをしました。

2時間ほどして犯人が逮捕されたとのニュースがありました。

夜明け頃、長岡に着き、礼を言って下車しました。車を乗り継ぎ、高崎、本庄を経て、生まれ故郷の埼玉県神川町渡瀬に帰りました。

世の中は皮肉なものです

昭和42（1967）年のことでした。春から秋まで層雲峡で貸自転車業を営業し、大成功をし、舞い上がっている頃のことです。レンタサイクルの支店を九州に出店するつもりで、旅行に出ました。夜行列車で早朝に佐賀駅に着きました。7時前で訪ねるには早すぎるので、どこかで時間をつぶす必要がありました。駅前から商店街を歩いて、どこか休める所はないかと思い、ぶらぶら歩いていました。

喫茶店などで休めないかなと思い、犬を散歩させていた男性に、「どこか休める喫茶店などはありませんかね」と声を掛けました。

運が良かったのか、その人は喫茶店の経営者でした。

「開店には時間があるが、うちの店で休むんだったら、ついておいで」と案内してくれました。

夜行列車でほとんど寝られずに来たので、渡りに船でした。

店に着くと、「奥の方ならどこでもいいよ。少し寝たらいいよ。2時間くらいならいいから寝なさい」と言われ、奥のテーブルに着きました。

やがてコーヒーを入れてきてくれ、一緒にホワイトホースというウイスキーの瓶を持ってきてくれました。これでも飲んで寝なさいとのこと。

お酒の飲める人なら大変ありがたいことでしょうが、私は悲しいかな、お酒は飲めません。お礼を言って、手を付けませんでした。

佐賀で友人と会ってから熊本に行き、天草五橋を見学に行き、そこで貸自転車店を開くことにし、もう一つの候補地、宮崎県日南市へ向かいました。

ここでも、お酒を飲めない悲哀を味わったのです。日南市油津駅前に夜8時頃に着きました。駅前で宿を探したのですが、遅かったので、満杯でした。何とか泊まれないかと交渉したら、布団部屋なら空いているけどとのこと。そこでいいから泊めてくださいとお願いし、泊めてもらうことにしました。

部屋に入り、荷物整理をしていると、またもや宿の主人がコーヒーとウイスキーの瓶を持ってきて、これでも飲んでくれと置いていきました。

なんと、サントリーのV．S．O．Pの瓶を1本です。お酒の飲める人なら、大変嬉しいことなのでしょうが、悲しいかな、私はお酒が飲めません。

今回の旅で2度も、このようなことに遭遇するとは皮肉なことです。

翌日、日南海岸を視察し、貸自転車業を開業できる所を探し、衆議院議員の瀬戸山三男先生よりご紹介を受けた、日南市長の河野礼三郎様に車で海岸を案内していただき、店の場所を決めました。大変お世話になりました。

その頃ですから、ホワイトホースやV．S．O．Pは共に高級でした。

お酒が飲めたらな、と残念だった思い出です。

世の中は皮肉なものだと思いました。

男は前金だよ

レンタサイクルは、開業以来、大盛況でした。

バスが一度に10台くらい到着すると、我先にと走って、店まで多数押し寄せます。ゆっくり来た人はしばらく待たなければなりません。

申し込み用紙に住所氏名を書いてもらうのですが、急いだ客から、「代金は？」との質問があります。

その時、「男は前金だよ」と言うと、すかさず「じゃあ、女は後でいいの？」との問いがあります。おもむろに「女は前払いだよ」。

店の中にどっと笑いが出ます。

1時間ぐらい待って乗ってもらうお客さんたちも、和やかな雰囲気の中、旅行の話で盛り上がります。

1時間20分ほどのサイクリングです。

大きなリュックサックを背負い、列車の中の通路を横に歩く、カニ族といわれた頃の良き時代の話です。

半年間のサラリーマン生活

1年目は2人の従業員を配置しましたが、開店して1か月後、一人の従業員が盲腸になり、それをこじらせ、入院となりました。

初め、医者から腹痛ですよと診断され、翌日痛みが治まらないため、再度病院に行き、盲腸で腹膜炎を起こしているとの診断で入院です。

奥入瀬渓流を焼山《やけやま》から子ノ口《ねのくち》までの交互の乗り捨てをできるようにしていましたので、一人では営業できず、入院の付き添いも必要でしたので、1シーズン仕事になりませんでした。

翌年、十勝沖地震があり、奥入瀬渓流の岩が崩れて一時通行止めにもなり、業績は良くありませんでした。3年目には、地元のホテルがレンタサイクルに参入してきて競争です。地元のホテルに譲り、撤退いたしました。

大沼公園も3年で閉店しました。営業成績は良かったのですが、従業員が酔っ払い運転で橋の欄干に衝突し、ケガをして入院をしてしまいました。

3年目です。店は任せっきりになるため、金は自由になり、監督者がいません。夜、地元の若者と酒を飲みに行っての事故でした。全治1か月のケガで、店の営業はできません。地元に同業者もでき、競争になります。無理することもないなと撤退しました。地元に児童養護施設があり、新聞社の紹介で自転車30台を寄付して引き揚げました。

彼がケガで入院をして、お見舞いに行った時、大きなミスをしました。

層雲峡から函館に行き、病院に直行し病室で、見舞った。その時に従業員の態度があまり良くなかったので、私も冷静さを忘れてしまったのかもしれません。

大部屋でしたが、そこで見舞った後に、彼に「浮ついているからこんな事故を起こすんだ」と言ってしまいました。これが後でとんでもない代償を払うこととなりました。彼が退院してきた時には秋になりシーズンも終わりに近づいていました。

病院での発言がこんなに大きくなるとは思いませんでした。

大部屋でしたから、他の患者もいたわけです。私の発言が、「他の患者にも浮ついているからと言ったことになる。どう責任を取るのだ」と責められました。大きな代償を払って、退職してもらいました。


この年、支店も閉鎖し、従業員も解雇し、私一人になりましたので、冬の半年間を利用して、不動産取引主任の資格を取ろうと思い、不動産の勉強をするため、別荘の開発会社に就職しました。別荘ブームの始まる時期でした。沢山の開発会社がありましたが、モーレツ社員が持てはやされた時期です。11月から働き始め、那須高原の別荘地を売りました。運転手付きの車での営業でした。

その月、いきなり新人賞を取り、1万円の賞金、12月は会社で1位になり、表彰され金一封5万円を賞金としてもらい、驚きました。1月は2位となり、3万円の賞金をもらいました。給料が5万円の頃です。毎月表彰され、いい気になっていました。

契約し、手付金をもらい、中間金をもらって、最終金をいただくのが1か月後になります。それから登記を済ませ、権利書をお客様に渡して完結します。

それまで2か月は最低かかります。

私は4月中頃には層雲峡に行かなければなりません。ですから2月以降は、1件も契約を取りませんでした。上司はどうしたんだ、と詰問しましたが、ホントのことは言えません。苦しい2か月半でした。

権利書を全てお客様に渡し、4月半ばに退職届を出し、退職しました。

少し売りすぎたなと後悔しました。後年、ほとんどのお客様の土地は別の不動産会社を通して、転売して責任を果たしました。

取引主任の試験は合格し、美濃部都知事の証書を今も保存しています。

7月に、従業員に任せ、東京に用事を済ませるため行き、ついでに会社に顔を出したら、課長から、ボーナスが出ているからもらっていけと言われ、ボーナスをもらって帰ってきました。課長が退職届を預かったままにしておいてくれたのでした。

それ以降は、自営で、新製品の開発などをし、特許を取り、色々な仕事を手掛け、サラリーマン生活はしませんでした。

不動産の仲介業を目蒲線の奥沢駅近くで開業しましたが、春から秋まで休業しますので、大きな仕事はできませんでした。5年でやめました。

富山の薬売り方式で日本茶の販売

従業員の継続的な確保を考え、冬場の事業として九州に支店を出したものの、天草は玄界灘から寒風が吹き、雪も降ります。1年で撤退し、翌年の冬は日本茶の販売を始めました。

国会の議員会館にたびたび出かけていましたので、議員の事務所で女性秘書が怒られている場面を数か所で目撃したのです。

陳情に来る人たちに出すお茶を切らし、通勤途中で買うつもりだったが忘れてしまったのでしょう。

陳情者が沢山来ます。直ぐなくなってしまうのでしょう。

そこで思い付いたのです。富山の薬売り方式で日本茶を置いておけば、買い忘れて困ることもなくなります。

議員事務所に玉露と煎茶を袋詰めにして、2種類、玉露2本、煎茶3本を缶に入れて、5本をセットにし、置いておく方式です。

2週間に1度補充をし、集金をします。

自由民主党の議員の事務所、30か所に置きました。

丸ノ内や銀座などの事務所にも同じ方式で置いて販売しました。

川崎などの工場にも従業員食堂のお茶として、大量に利用してもらい、販路を拡大しました。

従業員の人件費が確保できるまでに2年かかりました。

冬の間、営業に力を入れ、夏は社員に任せてレンタサイクルの営業に励んだのです。

秋に帰ってみると、お客様の数も減り、売り上げも落ちていました。

また、営業に力を入れ、売り上げを上げ、夏になると社員に任せて層雲峡に行く。

その繰り返しでした。

お客様に喜ばれ、いい仕事だと思い努力していたのですが、時の流れで仕方ないのか、道路交通法の改正があり、駐車違反の取り締まりが厳しくなりました。

免許証の点数制が始まり、駐車違反で減点されるようになりました。

配達する従業員から行きたくないとの申し入れがあり、事業が不可能になり、残念ながら廃棄しました。今でもできる仕事と思います。誰かやりませんか。

苫小牧郊外の広大な土地

貸自転車業の開業2年目に、ある人から、「事業がうまくいっているなら、苫小牧の近郊で、千歳空港から40分ほどの所の土地を買ってくれないか」との話がありました。

70ヘクタール、21万坪で、坪単価7円とのことでした。

別荘として開発してはどうか、との勧めでした。

当時は長野県軽井沢が別荘地として有名でしたが、都心から軽井沢まで行くのに3時間半から4時間ほどかかりました。

別荘であることを考えれば、そのくらいの時間は許容範囲であるかもしれません。

私の心が揺れたのは、別荘までの所要時間です。

羽田から千歳飛行場では1時間半ほどです。そこから車でなら45分で行ける別荘地です。北海道の大自然を味わうこともできるし、時間的に有利です。

開発費用と交通の便利さから有利な条件であると思いましたが、事業化することはやめました。

昭和47、48（1972、73）年に別荘ブームが起こりました。事業化して別荘の開発会社をやっていれば、莫大な資産をつくることができたかもしれません。

でも、数年後、不況期に不動産業界は大揺れで、倒産が相次ぎ、私も飲み込まれていたかもしれません。

利益追求に走れば、事業は失敗します。事業を続けていけば波があります。

利他の精神で事業をしていかなければならないという若い時に学んだ教えに従い、「儲ける仕事をしてはいけない。儲かる仕事をしなさい」との教訓を大事にしながら、生きてきました。

別荘の開発事業はやらなくて正解であったと思います。

岸辺の釣り人

若い頃、孤独に襲われ、苦しい時期がありました。昭和44（1969）年頃です。春から秋にかけては北海道層雲峡で、レンタサイクルを営業し、10月末に東京に帰ってくる生活をしていました。

レンタサイクルは盛業であり、蓄えも充分ありました。

冬期間、11月から4月初旬まで、世田谷区奥沢の駅近くで不動産の仲介業をしていました。

11月は休養という気持ちがあり、のんびりしていましたが、12月に入り、世の中がせわしくなり、私は社会の流れから除外され、疎外感を時々味わうことがありました。

学生時代の友人に連絡し、飯でも食わないかと誘っても、年末で時間がないとつれない返事ばかりでした。

何もすることがなく、孤独感に襲われます。

川岸で流れを見ている釣り人のように。
昔のことなので、冒頭の部分しか思い出せないのですが、孤独に押しつぶされそう
になった時に作った詩です。

岸辺の釣り人
私は寂しい、寂しいのです
何もすることが見つかりません
川はゆっくり流れています
釣り糸を垂れ、少しの獲物を釣り上げるのです
でも私は寂しい、寂しいのです
……
アウトサイダーの道を歩んだ孤独
皆と違う人生
仕事には誇りもあり、富もある
でも孤独である

私は寂しい、寂しいのです

人間、生きていくのに仲間や家族、隣人が必要であり、この世に生きている意義、生きがい、何かの役に立っているとの意識が必要であり、仲間・同志が大切であることを痛感した時期でした。

レンタサイクル協議会設立

昭和41（1966）年に北海道層雲峡で貸自転車業を開業しました。

1時間100円、超過料金10分20円としました。超過しないためにスピードを上げ、転倒し、ケガをするお客様がいたのです。

また、自転車が足りない状態ですと、帰ってきた自転車を直ぐ貸し出さなければなりません。点検を徹底しましたが、ブレーキワイヤーやペダルのシャフトが曲がったりの整備不良の自転車も出てきます。

支店も４か所となり、若者に全て任せたわけですから、事故が心配でした。

仕事中に「ドキッ」とし、心が痛む時があります。救急車のサイレンです。層雲峡は深い渓谷です。遠くからサイレンの音が聞こえます。なかなか事情が判明しません。長い長い時間です。事故を起こしたのだろうかと不安になります。

幸いにも16年間、救急車で運ばれるというお客様は一人もいませんでした。

自転車の整備は万全にし、貸し出し時の説明もしっかりしての営業ですが、過失により事故が起き、大ケガでもさせてしまったら補償もしきれません。


シーズンオフに東京で、保険で賠償事故に対応できないかと模索し、自転車関係団体に相談しました。自転車普及協会の方が親身に相談に乗ってくれ、保険会社に打診してくれました。

保険会社の見解では、「個人の会社では受けられない。団体をつくってください」とのことでした。

そこで昭和45（１９７０）年、全国に広がった業者に呼び掛け、翌年、日本レンタサイクル協議会を設立しました。

東京海上火災保険株式会社と折衝し、管理者賠償責任保険制度をつくり上げたのです。年間1台200円の保険料。賠償額最高1億円、訴訟費用、休業補償、治療費、慰謝料などを補償するものです。

管理者賠償責任保険ですので、貸し出し側に整備不良など責任があり、それが原因で事故が起きた時に適用する制度です。

会員は万が一の事故のために保険制度に加入していますが、現在、会員以外の大半のレンタサイクル業者は無保険で営業をしています。気を付けてください。補償を受けられません。

保険会社も、東京海上火災、安田火災海上、あいおい損保と変わり、現在は、損害保険ジャパン株式会社に代わっています。保険料も値上がりし、1台700円です。

無事故でお客様に喜んでいただくために、点検整備に万全を期すように会員には指導しています。

ちょっと変わった人生　陸万の土地

レンタサイクル業をしていた頃の話（昭和45年頃）です。秋のシーズンも終わりに近づいた頃、自転車で坂を下り、陸万方面へ写真を撮りながら、紅葉を楽しむサイクリングをした時の話です。

大雪山国立公園の入り口で、渓谷の始まる陸万に数軒の民家があり、写真を撮りに入っていきました。国道39号線の北側に石狩川があり、それを渡った所に2軒の民家がありました。写真を撮りながら近づくと、老夫婦が作業をしていました。昔からの農機具で、木の棒を回転させ、パッタンパッタンたたきながら、蕎麦の実を落とす作業をしていました。

紅葉は真っ盛りで、素晴らしく、写真を何枚も撮り、作業をしている写真も撮らせてもらいました。

「素晴らしい景色ですね。こんな所に住めたら天国ですね」と話しかけました。

すると、「土地を貸すから別荘でも建てたら」と言われ、心が揺れました。「借りるのもいいが、土地を譲ってくれませんか」と聞いてみました。すると、「一段高い所に、今は耕作していない土地がある。そこを買ってくれないか」とのこと。面積は2町5反、7500坪だそうです。

レンタサイクルが盛業でしたから、資金には余裕のある時期で、「いくらで譲ってもらえますか」と交渉しました。

地主は、数年前まで養豚業をしていたそうです。その時の借金が、農協から280万円ほどあるとのこと。

首都圏の土地の価格とはあまりにも差があり、比較になりません。

「借金の返済ができたら助かるんだけどな」とつぶやきました。

「では300万円で譲ってください」と申し入れ、買うことにしました。

この土地を見に行ったら、なだらかな丘の形態で広々としていました。奥の高い所へ行き、振り返ったら、渓谷の始まりの大きな岩、万景壁《ばんけいへき》の上に尖った山が見えた。スイスのマッターホルンに似た山で、ニセイカウシュッペという素晴らしい雄姿が見えました。その土地から見えるわけですから気に入り、即、買い入れを決めました。

土地代金で借金が清算され、地主からは感謝の言葉を何度も繰り返しいただきました。その後も親しく付き合い、道産子（馬）を借りて乗り、楽しませてもらいました。レンタサイクルのお客様も連れていって乗せ、好評でした。

後年、その地主は耕作地を簡易保養センターの建設のため売却し、陸万を離れて息子の所に行きました。

1キロほど沢を上ると温泉が湧いていて、そこから簡易保養センターは温泉を引いたのです。

長兄の破産

埼玉県北西部の小さな村で生まれ、農林業の豊かな経済状態の中で原家の長男として大切に育てられた兄でした。

11人兄弟の長男として生まれ、甘やかされ、我がままに育ち、若旦那と皆からおだてられて育ったのでしょう。家は沢山の農地を持ち、小作人に貸し与え、秋の収穫期には小作米が集まり、３つの大きな蔵がコメでいっぱいになるのが常でした。

兄も勉強をしたのでしょう。東京高等師範学校（東京教育大学、現在の筑波大学）に入り、教員免許を取ったのでした。

兄弟が多かったから、それなりの苦労はあったろうと思いますが、豊かな青少年時代を過ごしたのでしょう。

苦労もせず、おだてられ、気ままに過ごして、偉ぶっていたようです。

終戦直前は小学校の教員をしていたこともあるようです。

戦後は、東京が焼け野原になり、木材が多量に必要になり、山から材木を切り出し、忙しかったとのこと。

父は戦後処理のため富裕税を国が課してきたので、その支払いに苦労したと聞いています。

材木を売ることで乗り切ったようです。小作地も20町歩ほど解放になり、手放しました。

杉や桧の伐採や植林に励み、若い時期は仕事をしたでしょう。

弟たちが次から次に大学に入り、学費や東京での生活費で多額の経費が必要であったでしょう。私たち兄弟11人、皆、大学を卒業させてもらいました。兄が山を管理し、材木を売って学費を稼いでくれたのでしょう。兄に感謝することは多々ありました。

地域の名士として様々の役員をし、若旦那として活躍していました。もともと、原家は先祖が財産をつくったものです。幕末の文政年間に、原の本家から偉人が出ました。原善三郎です。明治の産業振興の礎をつくった人です。

原善三郎氏の母親の晩年の介護や、お世話をしたのが、祖父夫婦でした。ご隠居様のお世話をしたので、屋号が「隠居」でした。

長兄は隠居の若旦那として、地域では重要視され、活躍したのでしょうが、時代も変わり、山林経営が思わしくなくなり、収入のめどが付きにくくなりました。何か仕事をしなければと考えていたのかもしれません。

色々な誘いがあったのでしょうが、うまくいく仕事もあり、失敗した仕事もあったと思います。

兄は山林経営がうまくいかなくなると、「山なんかどうしようもない」と弟たちにぼやき、「財産なんか相続であてにするなよ」と予防線を張っているように見えました。かなりの面積の山林を所有していましたが、山なんかだめだとよく言っていました。

昭和45（1970）年頃、東京の詐欺集団に狙われる大事件が起きました。

参考のため、手口を紹介しておきましょう。

顔見知りの人間に手形を利用して、関わりを持つのです。

50万円の手形を持ってきて、「急に現金が必要になったので割り引いてくれませんか。30万円でお願いしますよ。1か月後に満期が来るのです。手形の発行会社も名の通った安全な手形です」と言います。急に資金が必要になったとのことです。

兄はそれに乗り、30万円を渡し、手形を受け取り、1か月後に50万円を手にしました。後日、100万円の手形を持ってきて、70万円で割り引いてくれないかとの話です。兄はこれにも乗り、1か月後に100万円を手にしました。

これが餌撒きだったのですが、兄は気が付きませんでした。

後日、500万円の手形を持ってきて、300万円でいいから割り引いてくれとのこと、これが不渡りとなり、兄は損金を出してしまいます。兄は怒り、呼びつけ、怒鳴ったことでしょう。

手をついて謝り、その場をやり過ごす。これが筋書き通りなのです。

後日、「大変申し訳ありませんでした。埋め合わせをしたいので、このような仕事があるのですが、事業資金を出してくれませんか」とのことです。

「それで埋め合わせさせてください。出してもらわなければ損失を埋め合わせることはできません。それでもいいのですか」と迫ってきます。

それが手口なのです。出資したが返ってこず、また出資するという泥沼に入るわけです。諦めるという決断ができず、見通しもないまま、はまっていく道なのでした。うまく乗せられ、はめられた事例です。

それからが大変でした。

色々な儲け話を持ってきて、出資をさせ、搾り取る。出資を断ると、今まで損失させた金額を諦めてくれるのですかと追い打ちをかけてくる。

現金化する土地がなくなると手形をつくらされました。当座預金も初めてですから、金額を打つチェックライターもありません。

そこで手形用紙の余白にボールペンで金額を書き、事務所で数字は打ち込むからと納得させ、持っていくことから、手形の連発が始まりました。

そのうち、事務所で金額はチェックライターで打つからと白紙の用紙を持っていくようになり、勝手に金額を打たれ、千万単位の手形が10枚ほど出回り、億単位の手形も暴力団に3枚ほど回りました。

兄もどうにもならず、両親に初めて相談しました。父は驚き、北海道で仕事をしていた私に連絡を寄こしました。

私は急遽帰郷し、田舎に向かいました。

兄は精神的に不安定であり、話などまともに聞けません。

手形が数日中に回ってきます。兄は動転し、要領を得ません。

直近の3枚の手形は不渡りにすると、債権者が来てしまいます。

全容がつかめないまま対応ができません。とりあえず、3枚の手形の金額を銀行に供託し、時間稼ぎをしました。

兄に聞いて概略をつかみ、とても手に負える金額でないことがわかり、供託金を取り下げ、裁判で戦うことにしました。

供託した資金を裁判費用に充てることにし、戦いました。


様々の困難が沢山ありましたが、一応の解決まで、10年かかりました。債権者や暴力団の構成員とも交渉し、怖いこともありました。

この事件で初めて知ったのですが、サルベージ屋というのがいることを知りました。今回、億単位の手形が発行されましたが、信用もなく不渡りになるのが明らかな手形を預かり、なにがしかの金額にするという人です。

億単位の手形が3枚出回り、暴力団に渡りましたが、信用もない個人が出した手形を信用しません。これらの手形を預かり、いくらかの金にするのです。

そのサルベージ屋がやってきて、「1億の手形を3枚回収してやるから、1000万円用意してくれ。そしたら回収してやるから」とのことでした。

裁判で争うのだから放っておこうとも思いましたが、暴力団が絡んだら面倒と思い、1枚100万なら取引しましょうと持ち掛け、300万円で3枚を回収しました。こんな仕事もあるのだなと知りました。

その手形は、その場で私が破り捨てました。

その後、犯人は、富士銀行を騙して8億円を引き出し、指名手配をされ、タイに逃げていましたが、数年後に逮捕されました。

兄のこの事件での損失は、およそ3億8000万円ほどでした。

渡瀬の家で両親が最後を迎えられるようにと願い、頑張ったのでした。

600坪の敷地と12部屋ある家と3つの大きな蔵、15軒の貸家、5か所の土地と80町歩の山林が残りました。

事件が解決して3年後に父が、10年ほどして母が他界しました。両親とも家から旅立つことができました。

事件終了時に兄に強く、この後はもう力添えはできませんからと言っておきました。

「お前は馬鹿だから」と何度も私に言ってきた兄に、こんなに大変な後始末をさせられるとは思いませんでした。

平成10（1998）年頃、兄がまた担がれて不動産会社の社長になりました。最初はうまくいっていたようです。関越自動車道の赤城パーキングの東側の広大な平坦地ですが、買収委託を受けた会社の下請け会社として買収を始めました。

順調に進み、仲介料も2億円を超えたようです。

一時的には順調に進み、景気が良くなり、兄は田舎の家の修理や屋根の修理などに1500万円かけて直しました。

残りの土地の買収は難航し、地主に特別に裏金を払ったりして、資金を使い、買収を完了したとのこと。これでよかったと思っていましたが、依頼会社からは仲介手数料残金が支払われたのですが、下請け会社の兄の会社には手数料は支払われず、窮地に追い込まれました。元請け会社の業績が悪くなり、倒産してしまったのです。

兄の会社は入金予定が狂ってしまい、資金繰りを改善しなければならなくなり、自宅を担保に入れ、銀行より借り入れし、当面の危機を乗り越えたようです。

その後も仲介料は入らず、人件費などを支払うため民間金融機関に手を出し、破産することになりました。

その時、私に相談がありましたが、もう助力はできませんと拒否しました。

育った家がなくなるのは、とても寂しいことですが、諦めることにしました。

銀行が数年後、競売に出しましたが、安い金額で、落札する資金はありましたが見送りました。取り戻しても、その後、誰が管理し、どのようにするかの見通しが立たなかったからです。

それから10年ほどして家は壊され、更地になっていました。これを見た時はショックでした。今は8軒の民家が立っています。

騙された時、どこで諦めるか、それが早くできれば、こんなことにはならなかったであろうと思います。

間違ったことに気が付いたら、自力で改善できるかの判断をし、できなければ早く諦めることが大切であることを学ばせてもらった事件でした。

私たち兄弟は11人で、皆大学まで出してもらい、結婚を機に家までつくってもらいました。

しかし、現在、振り返ると、あまり幸せが続く家庭は少ないのかな、と思います。

先祖は色々業績を上げ、立派に生きたのでしょうが、我々兄弟は大した人生を歩んだ者はいませんでした。

そう考えると、お墓を大事にしなかったことが影響しているのかと感じます。

比布町蘭留の土地

昭和46（1971）年頃の話です。秋のシーズンオフの時期、毎年1週間ほど旅に出ていました。名寄方面に行った帰り道、塩狩峠を旭川方面に下ってきた時、列車の窓から見えた旭川盆地の夕暮れの景色に魅せられ、このロケーションにユースホステルを建てたら素晴らしいだろうなと思い、後日、ヒッチハイクで土地探しに行きました。

塩狩峠を下りた最初の駅が蘭留《らんる》です。駅の裏に丘があり、そこからの景色が抜群であろうと思い、地主を探し、訪ねました。

遊休地でしたので譲ってくれることとなりました。約7000坪の土地を買いました。買収金額は180万円でした。

大雪山連峰と十勝岳連峰が見える素晴らしい所です。

時代の流れで、ユースホステルをつくる情勢でなくなり、放置したままにしておきました。

旭川の人ですが、そこの土地を借りて、ミツバチを飼い、蜂蜜を取っている人がいました。その人には引き続き使ってもらうことにしました。蜂蜜を一斗缶で譲ってもらい、東京に送ってもらいました。

輸送中に投げられたのか、一斗缶が壊れ、中身がなくなった缶が届きました。日本通運が補償してくれることになり、後日一斗缶が届きました。

赤ちゃんには蜂蜜を食べさせてはいけないといわれましたが、子供には食べさせました。副作用は出ませんでした。純粋な蜂蜜だから大丈夫だったのでしょうか。

30年ほど後に高速道路ができることになり、この土地に名寄方面と上川北見方面へ分岐するジャンクションがつくられることになり、大半が買収され、手放すこととなりました。３００坪ほどまだ残っていますが、使い道はありません。

思わぬ利用がされ、生かされました。今は立派なジャンクションができ、利用されています。

私の土地が役立っているのだな、と感慨深く思っています。

おばさまたちの忠告、結婚相手探し

兄弟11人と大人数の環境の中で育ったことにより、大人の話をよく聞く習慣がついていました。お年寄りに好かれていました。

学生の頃、友人の下宿先のおばさまや、たまり場として使っていたうどん屋のおばさまらに気に入られたのか、忠告も含め、色々な話をしてくれました。

経験談や失敗談も聞かされ、人生の教訓となることを沢山聞けました。

私の人生にとって大きな影響を与えたのが、結婚についての忠告でした。

友人の下宿先のおばさまは大変な知識の持ち主で、方位学「気学」の大家でした。

おばさまの義母は女性建築家で、葉山の御用邸をつくった女請負師であり、その人も「気学」の大家でした。

その義母から教育を受けたとのこと。友人の下宿先に行くと、おばさまの部屋に行くことがしばしばで、色々アドバイスをもらったのです。「気学」も教示され、生活に生かした事象が多かった記憶があります。

おばさまの知人で、姓名学の権威者で、名古屋から月に1回2日間だけ来る先生を紹介され、印鑑を作ってもらいました。実印は、姓はなく名前だけの印鑑でした。

銀行印と認印の3本を作り、利用しています。「印鑑は汚れていてはだめです。よく掃除をしなさい」と忠告を受けました。実印が名前だけなのは、他人に偽造されないためだそうです。

その先生やおばさまから、「あなたは結婚は30歳まではしない方がいい」と言われました。その他にも相手に条件を付けてきました。

「昭和17（1942）年11月15日生まれのあなたに対しての相手は4歳年下。名前の画数は5画か、6画、ないしは16画の女性を探しなさい」とのことでした。「15画の女性は話も同調しやすく、好意を持ちやすいと思うが、家庭を持つと家の中に2本の大黒柱があるようなもので、うまくいかない。あなたに同調し、補い、支えてくれるのが5画、6画または16画の女性なのですよ」と、条件を提示されました。

30歳まで結婚しない方がいいというのは、相手の家の事情で、あなたが相手の家庭の面倒を見なければならなくなるからよ、とのことでした。
25、26歳の頃でしたから結婚はまだ先だと思い、女性との交流も結婚対象とすることはできないとの前提で、お付き合いをしていました。
レンタサイクルのお客様と親しくなることは多々ありましたが、友達としての付き合いで清いものでした。

12歳、中学1年の時に「倫理」と出会い、私の精神や心の発達に大きく影響し、人生を導いてくれました。女性との関係も、責任の取れないことはしてはいけないとの教えで、青春時代が制約されました。

出会った女性を観察させてもらうと、30歳までに結婚した場合には相手方の経済的援助をしなければならないような方が数名いました。

デートして面白く楽しい女性は、大半が15画の女性でした。沢山素晴らしい女性はいましたが、伴侶となるべき人でなかったと思います。

忠告は正しかったのだと今も思っています。

新しいことを始める時期として、22歳になる年と31歳になる年に始めてはいけない。これを強く忠告されました。世間を見ると、うまくいかない例を沢山見ることができた運勢の最低の年です。「砂浜に水を溜めようとするのと同じで、引き潮に抵抗するようなものですよ」と言われました。

貸自転車業を開業する時も相談したら、「運の上昇期だからうまくいくよ。色々の援助があるよ」との教示でした。

お陰で事業として大成功しました。

結婚も忠告に従い、30歳になった年に16画の女性と結婚しました。

スキー場でロッジ経営

昭和49（1974）年の頃、スキー場でロッジ経営を始めました。

4月から10月までは層雲峡で、レンタサイクル業を営業しますが、従業員の確保に苦労したのです。冬場の仕事がないからです。九州に支店を出しましたが失敗して、1年で撤退。春に募集し、秋に解雇という繰り返し。従業員の確保という観点から、冬場の仕事が必要でした。

越後湯沢の岩原スキー場で売りに出ていたペンションがあり、購入しました。収容人員20名。少し小さいですが、ゲレンデの中にあり、築4年のまだ比較的新しく、きれいな建物でした。

11月に北海道から社員を移動させ、開業準備。予約ゼロからの出発です。スキーブームの時期でしたが、土日は客はいるものの、あとは閑散としています。大赤字でした。

翌年、団体客を受け入れるために増築、約100名収容の「ロッジ舎林辺留《しゃりんぺる》」としました。それなりに客も付き、従業員の給料も出せました。

上越新幹線や関越自動車道が開通する時期でした。

関越自動車道の盛り土に、スキー場の下の崖が削られ、そこがゲレンデとなり、「ロッジ舎林辺留」はゲレンデの真ん中の位置となり、便利でした。

お酒の飲めない私は、なじみのお客様から宴会に呼び出されるのが大変苦痛でした。お客様は「ここのマスターと知り合いなんだよ」と自慢したいのでしょうが、注がれるお酒を飲まずに捨てることに苦労しました。

私には向かない仕事と悟り、7年で友人に譲りました。200坪の土地付きで、場所的に条件が良く、これから岩原スキー場は発展することはわかっていたのですが、思い切って、つくば市でテニスクラブをやっている友人に譲りました。後に5階建てのホテルが建ちました。何度か友達とスキーに行きましたが、ゲレンデの直ぐ横で、便利なホテルになっていました。

7年間の思い出でした。

認知症の予防教室の立ち上げ

学習療法の教室を平成17（2005）年4月より開校いたしました。脳科学の研究とともに痴呆症の治療法は開発が始まりました。認知症といわれるようになったのは数年後です。

人間の日常生活、特に記憶、感情の抑制、判断、コミュニケーションなどを司る分野が前頭葉であることが解明され、脳の前頭葉を活性化させることで、痴呆の改善、予防ができるとの発表がありました。

平成16（２００４）年、京都の国際会議場で行われた脳科学のシンポジウムで、東北大学の川島隆太教授が、痴呆症患者の機能回復に「読み・書き・計算」の学習療法が大変な効果を生み出すことを発表しました。

「読み・書き・計算」を1日20分、毎日続けることで前頭葉に血液が循環し、脳細胞のネットワークができ、脳細胞も増殖していきます。

小学校1年生から3年生くらいの簡単な問題です。難しい問題を解く時には、左脳の側頭部に血液が集中することがわかりました。簡単な問題をやることが大切なんです。

痴呆の改善、予防が確実にできる方法が確立され、これを普及させれば、予防ができ、痴呆症高齢者を介護し、苦労をされている多くの方々には朗報です。

痴呆症高齢者を減らせれば、医療費、介護費も減り、保険料も結果として減少し、市の財政にとっても大変良いことになります。

「読み・書き・計算」の学習療法を採用し、行政として痴呆の問題に積極的に取り組むことを提案いたしました。しかし、行政は人員がいない、資金がないとのことで、行政ではできませんとの回答でした。

それでは、ボランティアの人たちに手伝ってもらい、鎌ケ谷に導入をしたいと活動を始めました。

まず、広報に「痴呆症の予防のために学習療法の勉強会を開きます」との記事を載せてもらい、8月に開催。川島先生が実証実験した時のビデオを見てもらい、手探り状態でしたが説明しました。「学習療法を鎌ケ谷市に導入したいのです」と力説し、ボランティアを募集し、「お手伝いしていただける方は残ってください。5回の研修会を開きます」と最後に言って、閉幕しました。

参加者は150人ほどで、残ってくれた人は50人いました。

研修会の日程を決めるのに曜日を尋ねたら、木曜日が多かったので、研修を木曜日にすることになりました。

残ってくれた人にどんなことをするのか説明し、サポーターの条件として、思い切って、『ボランティアは自発的無償行為です。色々な役員をしていますやら、自治会などで役員をやっていますなどは、邪魔になっても役に立ちません。条件は、ただ一つ、心に愛のある人です』と言い切りました。

その後、10人ほどの方が退席しました。

川島教授が実証実験をし、5か所でデータ取りをしましたが、鎌ケ谷市が6番目の教室となりました。

研修で、教材は購入してやるか、自分たちで作るかの議論になりました。研修中に各自作ってみてくださいと宿題を出し、結果的に毎週分を作るのは無理との結論を得、学習センターの教材を使うことにしました。

私のわかる範囲で研修をし、平成17年4月より、ボランティア28名、学習者26名で開校いたしました。

直前の3月に川島教授に講演に来てもらい、その時募集に応じた人たちは、6月入学として16名加わり、学習をしていただきました。

それから19周年を迎えることになりました。

お陰様で、サポーターの人たちの頑張りで、認知症の患者は全国平均より5パーセント低い状態を保っています。

学習療法は全国に広がっていますが、大変効果のある事業となっています。

先祖への不敬　お墓の整備

私の実家は大地主でしたが、戦後の農地解放で田畑は20町歩ほど解放されたそうです。富裕税も課せられ、父は苦労をしたようです。でも山林は残りましたし、戦後の復興で材木が高く売れたので、乗り越えたとのことです。

私の兄は田舎に残り、林業と少しの畑を管理していました。墓地も兄が管理していました。我が家のお墓は埼玉県児玉郡神川町渡瀬にあり、60坪の広いお墓です。広い墓地の半分しか使っていなかったため、南側に桧を植林し、材木を活用したかったのかもしれません。30本ほどの桧も大きくなり、お墓が日陰になってしまいました。

墓の北側の中央には、ご隠居様、左側が祖父母、右側が両親の墓碑があります。

平成22（2010）年に私の次男が交通事故に遭い、大ケガをしました。生死をさ迷うケガでした。くも膜下出血をし、意識不明でした。

幸いにもやがて回復し、4か月後には社会復帰ができましたが、医療センターの先生から、「後遺症が残っても、袋貼りくらいはできますから」と言われ、妻はショックを受けました。

「倫理」の先輩から、お墓参りに行ってきてはと勧められ、妻と2人してお墓参りに行き、救いを求めました。

1月初めでしたから、南側に植えた桧の木が大きくなり、石塔が日陰となり、その時も寒々として、お参りしている自分も寒さを感じました。

これはご先祖様に申し訳ないと思い、兄弟に許しを得て、伐採することにしました。陽が当たり、明るくなり、ご先祖様が喜んでくれると感じました。


今後、田舎の大きなお墓を誰が守るのか、心配です。東京から3時間くらいかかり、ちょいと行こうというわけにはいきません。

草取りや掃除をしに行き、お墓参りするのは私と妻です。

いずれ無縁仏になってしまうのかなというのが現状です。

息子たちが引き継いで守ってくれたら、ありがたいと願っています。

九死に一生を得た話　３度救われた命

高校３年生の２月のこと。受験勉強に疲れ、夜中に長兄のオートバイを無免許で、無断で運転し、どこへ行くあてもなく走りました。

家の近くでエンジンをかけると気付かれるので、遠くまで押していきました。

満月が明るく、２月にしては暖かい夜でした。

「春は名のみの風の寒さや……」と「早春賦」を口ずさみながら走り、10キロほど離れた本庄市の市街地に入りました。

夜中の11時過ぎで、ほとんどの店はシャッターが閉まっていました。

交差点で引き返そうかなと思ったら、老人が店じまいをしていました。

ここでUターンをしたら、何しに来たんだと思われはしないかと帰ることができず、走り続け、市街地を抜け、やがて国道17号線に一時停止をせずに出てしまいました。

両側は桑畑で街灯もなく、国道があることも知りませんでした。トラックとぶつかった瞬間、体は宙に浮き、15メートルほど飛ばされました。反対側の低くなっていた田圃へ柔道の受け身の形で転んで立ったのです。飛ばされ、ファーと浮いた時、たとえようのない良い気分でした。トラックにはねられ、右前方のボンネットの角にぶつかり、飛ばされたから助かったのです。

0・1秒早ければ通り抜け、0・1秒遅ければ下敷きになっていたはずです。でも私は生きています。

この世にまだ生きる価値が与えられているのだ、とその時思いました。生かされたのだと。昭和36（1961）年の春のことです。

平成17（2005）年秋、関越自動車道で運転中、中央分離帯へ接触事故を起こしました。

倫理法人会の法人レクチャラーの研修会が群馬県の磯部温泉で行われました。1泊2日の研修です。昼、夜、翌朝6時の研修です。睡眠時間は5時間ほどで、眠かったことは確かです。

私は電車で行きました。同じ市の倫理法人会の先輩も参加していました。

帰りに車に乗っていかないかと誘われました。同乗させてもらうことにしました。

関越自動車道に入り、途中で眠くなったので運転を交代してくれないかと言われ、サービスエリアで交代しました。

私もあまり寝ていないので、慎重に運転をしていたのですが、一瞬、居眠りをし、中央分離帯に接触してしまいました。咄嗟にハンドルを切り、体勢を立て直していました。ブレーキはかけませんでした。これが幸いしたのです。

ブレーキをかけて停まったら、後ろから追突されていたでしょう。

次のインターチェンジで見たら、右側前部が大きくへこんで、壊れていました。

運転には支障がなかったので、そのまま帰りました。

修理代は車両保険に入っていなかったので、かなり高額でしたが支払いました。

この時も、１００キロを超えて運転していましたから、よくケガもなく済んだと思いました。

まだ生きていていいのだよ、やることがまだあるよ、ということかなと自分に言い聞かせ、命のあることを感謝しました。

その翌年、私の住む市の財政がひっ迫し、財政破たんをしそうになりました。市も行財政改革を徹底し、財政立て直しに努めましたが、大変な状況でした。私も一役買い、職員の地域手当にメスを入れ、大きく財政改革に寄与しました。まず、支給を1パーセント下げ、4200万円、削減し、翌年さらに2パーセント削減でき年間3パーセントで、1億2000万円財政に寄与できました。10パーセントから7パーセントへ下げたのです。私にはやることが残っていたのです。

3度目は平成26（2014）年5月6日の祝日のことです。下山中、滑落事故で命拾いをした話です。

一人で埼玉県渡瀬のお墓参りを済ませ、群馬県南牧村の長野県との県境に近い山に登りました。私の所有の山で、8町歩ほどの面積の山です。

沢に下り、沢を上り尾根まで行き、尾根を回り、別の沢に下りる予定でした。5月で山道は落ち葉で埋まり、よく見えませんでした。何度か行っている山ですので油断していたのでしょう。最後に沢を下りたのが、道路まで150メートルほど手前の所でした。落ち葉で道が隠れていたため、沢に下りるのが早すぎたのです。

いつものルートより早く沢に下りたため、滝の上に出てしまいました。

滝があることも知りませんでした。落差5メートルほどです。30メートルほど上り、元の道に戻ればよかったのですが、体力の自信過剰が事故のもとでした。滝の横を下りれば直ぐだと判断し、下りることにしました。

2歩目に足を掛けた岩が崩れて、1回転して滑落してしまいました。

水は流れていませんでしたが、崩れ落ちた岩や小石が積もり、尻餅をついた状態で止まりました。

左前頭部から大量出血があり、背中にも痛みがありました。

道路が下に見えたので、這って150メートルを下りました。

やっと道路まで下り、寝転ぼうとして手をついたら力が入らず、額を道路にぶつけ、そこからも出血し、顔は血だらけでした。

道路まで這って下りられたから生きられたのですが、事故現場は携帯が通じません。道路まで出られなければ命はなかったでしょうし、6日が連休でなかったら、今こうして生きてはいられなかったでしょう。

その日が5月6日連休の最終日。平日であれば、1日に2、3台しか車は通らない山道です。運が良かったのです。

間もなく下から車が上がってきました。「大丈夫ですか」と声を掛けてくれました。携帯で救急車を呼ぶために電話しましたが通じません。上のキャンプ場で119番するからと言って上っていきました。

3分ほどして上から、別の車が下りてきました。停まってくれて119番してくれました。

その人の携帯電話は通じたのです。

「直前に電話がありましたので、直ぐ向かいますとのことです」と親切に教えてくれました。妻にも連絡してもらい、大変助かりました。

首が痛くつらかったのですが、耐えられないほどではありませんでした。

40分ほどして救急車が来てくれました。硬いコンパネの上に載せられ、下の小学校の校庭まで行き、そこからドクターヘリに乗せられ、高崎市にある国立医療センターへ運ばれました。

顔面の血を拭いてもらい、レントゲン撮影し、ＭＲＩも撮りました。

「背骨が２本折れています。脊椎の４番５番が内出血をしています。脳の異常は認められません。脊椎の出血が止まらないようであったら手術します。しばらく様子を見ましょう」とのことでした。

首が痛いのと、背中の筋肉が硬直して痛いので、痛み止めの薬をくださいと願いましたが、治療方法が決まっていませんので出せませんとのことでした。

首を前に倒すと少し痛みが和らぎましたので、枕を高くして我慢しました。

３日目にやっと痛み止めの薬をもらったのです。

「出血が認められないので、手術はしません。背骨はうまく折れ、神経には触っていません。これも時間をかけて自然にくっ付くのを待ちましょう」との診断で、何も治療はしてもらえませんでした。

妻と子供たちは夜遅く駆けつけてくれましたが、面会もできず、ビジネスホテルに宿泊し、お葬式の話もしていたそうです。

千葉から高崎まで妻は付き添いに来てくれましたが、遠くて大変でしたので、１週間後、地元の鎌ケ谷総合病院へ転院しました。

そこでも検査はしましたが、治療らしきものはせず、背骨を固定するためのコルセットを作り、装着しました。

入院したら歩けなくなるよと言われていて、幸い足は動きましたので、ベッドに寝た状態で足を動かす運動をしていました。

手の方はベッドに転落防止の手すりがありますので、横には動かせません。手が不自由になり、手が上がらなくなってしまいました。

食事も一人でできなくなり、助けてもらいながらの食事です。

やがて、コルセットが来ましたので、ベッドから起き上がってもいいですよと言われ、起き上がりましたが、筋肉の衰えが激しく、手が上がりません。

足は気を付けていましたが、手のことは全く忘れていました。

やがてリハビリ治療が始まり、手の運動、例えば支えられての上下運動、曲げる運動、握る運動などを懸命にやりました。

食事は右手を吊り上げる機械を使い、かろうじて自分でとれるようになりました。

1か月ほど入院をしていましたら、「治療することはありませんので、リハビリ専門病院へ転院ください」とのこと、どこに行くかの選択で困りました。

新しくできた松戸リハビリテーション病院へ転院することにしました。そこでお世話になり、普通の生活ができるようになり、退院したのです。80日間の入院でした。沢山の人の世話になり、感謝の気持ちでいっぱいです。妻や子供たちにも世話になりました。皆様ありがとうございました。

退院してきて驚いたことがあります。うがいをするため水を含み、上を向いて、ガラガラとしようとした時です、口から水が零れ落ちてくるのです。

私は顔を上にあげているつもりでしたが、首が痛かったので、前に下げて寝たり、生活していましたので、首が前に曲がり、後ろに曲げることができなくなってしまったのです。毎日首を後ろに曲げる運動をして、不自由のないところまでは回復しました。

これが3回目の救われた命です。

生かされた命、まだ世の中に役立つ仕事をしなさいとのことだと肝に銘じて、これから生きていきます。

第二章　厳しくも美しく、美味しい北海道

零下30度のしびれとダイヤモンドダスト

昭和41（1966）年1月に大雪山国立公園層雲峡で経験したことです。貸自転車業を開業するにあたり、店舗確保のため層雲峡に向かいました。

用件が済んで、その日の宿のユースホステルに向かう時に、急な坂道があります。厳冬期で風も強い日でした。雪で滑り、向かい風で、前になかなか進まなくて苦労しました。革靴で、滑り止めが付いていません。這って上り、ユースホステルにやっと着きました。

でも、これで、貸自転車業が始められるのだと安堵し、心は温かく、希望に燃えていました。

翌朝、気温が零下30度まで下がり、顔は痛いし、手がしびれました。

店舗もバスターミナルの角に借りられ、達成感を抱きながら、バスターミナルまで下りてきました。店舗になる場所に、これからお世話になりますと挨拶してから、バスに乗りました。

座席にバッグを10センチくらい上から放しました。指がしびれて痛く、感覚がなくなり、元に戻るのに時間がかかりました。初めての辛い経験でありました。

朝日が出て、空気中の水蒸気がキラキラと光り、非常にきれいでした。

これがダイヤモンドダストだと、初めて経験しました。

真冬の北海道の厳しい寒さの中、美しい景色を目にし、荒天時にはブリザードなどの珍しい経験をしました。

今はブリザードを経験するツアーもできているようです。

一度そんな経験をしてみてはいかがでしょうか。

本物のシシャモの味

本物のシシャモを食べたことがありますか。

北海道の日高の海岸に、秋、産卵のためにやってくるシシャモ。薄いピンク色で半透明の魚です。

スーパーなどにあるシシャモは本物ではありません。

樺太シシャモとかノルウェー産シシャモとかのものです。

本物のシシャモが、秋にデパートなどで短期間販売されることがありますが、その当時で1尾100円以上しました。

昭和45（1970）年頃の秋の話ですが、ヒッチハイクで日高地方に行った時、漁師の家に泊めてもらいました。鮭漁やイカ漁をする、漁師の家でした。

沿岸にシシャモが産卵に来る時期に、シシャモ漁師が沿岸に網を張り、捕獲します。

朝、近所の人たちが大勢で網からシシャモを外す手伝いをします。

謝礼に、シシャモをバケツ1杯もらってきます。それを枯れた薄の茎に刺して、1日干します。

それを漁師のお母さんが焼いてくれたのです。夕食はカレーでしたが、ストーブの上にアミを置き、次々にシシャモの干物をのせて、食べなさい、食べなさいと勧めてくれました。

30匹くらいは食べたと思います。絶品でした。

甘みがあり、柔らかく、とても美味しいものでありました。大変、贅沢な経験であり、絶品を存分に味わった一時でした。

翌朝、漁師宅のお父さんが試験的にイカ漁に出ていました。釣ってきたイカの刺身をご馳走になりました。

甘くて歯ごたえがあり、取りたてはこんなに美味しいものなのかと感激しました。

その後も交流をし、根昆布も沢山いただいたりもしたのです。

「おしょろこま」と「たもぎ茸」

美味しかった魚とキノコのお話です。

昭和46（1971）年秋、国立公園管理事務所のレンジャーからいただいた幻の魚といわれた「おしょろこま」の思い出です。

博物館の館長とレンジャーが山の調査に行った時、山奥の川で捕ってきたとのことで、50匹ほどいただきました。

自炊していましたから、アルバイトとそれを洗い、スポークに刺し、コンロで焼いて、たらふく食べました。

「おしょろこま」は珍しい魚で、大雪山の山奥に生息するイワナの仲間だと思います。20センチから30センチくらいの魚です。

この時一度だけのご馳走でした。もう一度食べてみたいものです。


その他にも、珍しい食べ物で、アイヌネギがあります。大変美味しいのですが、臭いが強く、口臭が気になり、料理の仕方を工夫しなければなりません。

もう一つ、忘れられない食べ物があります。

それは「たもぎ茸《たけ》」です。

プロ野球選手が使うバットの材料になる木の「たも」の老木に生えるキノコです。

アイヌ民族のお爺さんが持ってきてくれ、譲ってもらい、それを食べました。

黄色いキノコで、直径5センチくらいの柔らかいものです。

お湯を沸かし、水洗いをしてから、鍋に入れ、みそを溶くだけのみそ汁です。

ダシや調味料は一切いりません。茸から、コクのあるダシが出て、とてもふくよかな深い味で、歯ごたえも程よくあり、美味しいみそ汁になります。

この美味しさは、たとえようがありません。まさに絶品です。

後年、キノコ工場で生産した、「たもぎ茸」を食べましたが、天然の味には遠く及びませんでした。

3年ほど、お爺さんが持ってきてくれましたが、その後は見えませんでした。

決して、生えている所は教えることはしないそうです。

お爺さんには忘れられない味を経験させてもらい、感謝でいっぱいです。

北海道の山奥に行けば、味わえることがあるでしょうか。

大雪山の紅葉を見ながら、「たもぎ茸」に会えたらいいなと願い、いつか旅をしてみたいと思います。

北海道で味わった、とてもとても美味しい食べ物のお話でした。

摩周湖の歩道ができる

レンタサイクル開業以来、旅行者の道内観光コースの相談に乗ることが日常となりました。日程に余裕のある人にコース変更をさせることもしばしば。

「摩周湖のいい写真を撮りたいと思うのなら、第三展望台から第一展望台までの間、熊笹の中を歩きなさい」と、積極的にレンタサイクルのお客様に勧めました。

摩周湖の第三展望台から第一展望台までの間、熊笹の中、尾根を歩くと、色々な角度から湖の写真が撮れます。その結果、歩く人が増えました。

昭和40（1965）年に初めて北海道旅行に来た時に、川湯温泉からバスで摩周湖を見に行きました。第三展望台に上り、写真を撮りました。違った角度からも撮りたいと思い、熊笹の中を歩いてみたいと思いました。

その時、バスで一緒だった東京大学の学生3人組が「これからどうします？」と話しかけてきました。私は「熊笹の中、尾根を歩くつもりだ」と答えました。

「面白そうですね。付いていっていいですか」と言うので、いいよと同意しました。

その代わり先を歩きなさいと言って、熊笹をかき分け、尾根を歩きました。色々な角度で写真を撮り、皆、満足しました。

熊笹の根が張っていて歩くのは簡単ではありませんでしたが、違った角度から写真を撮れるので、かき分け、かき分け歩きました。

一緒に歩いた学生も「大変でしたが、よかった」と感謝してくれました。

第一展望台まで行き、バスで川湯温泉まで戻り、ユースホステルに泊まりました。

それから5年後、秋に摩周湖に行きました。道ができているではありませんか。

ペンダントを売っているおじさんに「歩道ができたのですね」と尋ねました。

「熊笹の中に写真を撮りに入っていく若者が、数年前から何人もいてね。自然に道ができたんだよ」とのことでした。

今は町が正式に歩道をつくりました。

歩いてみてはいかがでしょうか。

ルピナスの群生地

ルピナスは、またの名を「のぼり藤」ともいわれています。

私の出た藤岡高校の徽章がのぼり藤です。

色が多彩で、華やかなきれいな花です。

大雪山連峰の南側の十勝地方の十勝三俣駅の裏側（今は廃線になり鉄道は走っていません）に見事な群落がありました。

旅行雑誌で、ニュージーランドのパンフレットに写真が掲載されている、ルピナスの群生写真がたびたび見受けられますが、十勝三俣のルピナスも見事なものです。今は車でしか行くことができませんが、もう一度見に行きたいと思っているところです。

層雲峡から石北峠《せきほく》を越え、温根湯《おんねゆ》温泉を通り、糠平湖《ぬかびらこ》方面に向かう途中です。夏から、秋にかけての時期に行ってください。

流氷の上を歩いたことがありますか

２月の厳冬期、網走港の岸壁で、そこに居合わせた男性と、この流氷の厚さはどのくらいかな？　との話から、歩いてみようとのことになり、流氷の上に乗りました。割れたら厳冬の海の中。恐る恐るの第一歩でした。びくともしませんでした。

赤い灯台まで行ってみようと歩きだします。向かい風が頬を刺しました。所々、氷の色が変わっていて、割れるのではないかとびくびくしながら、３００メートルほど歩き、赤い灯台までたどり着きました。

流氷の上を歩いたぞ！　の達成感で満足しました。

履物は滑り止めの付いた革靴でした。帰路は、後ろから強い風を受け、背中は冷たく、前はぽかぽか温かかったことを覚えています。

途中まで来た時、岸壁で叫んでいる人がいました。「そんなところを歩いてはだめではないか。非常識ではないか」と怒られました。

20代後半の思い出でした。

冬の留萌で地吹雪

昭和49（1974）年の冬、世界的な食糧不足が問題視され、日本ではどのような施策があるのか研究をする必要があるといわれました。

特に北海道各地に開拓者が入植し、開発され、その後開拓に失敗し、引き揚げてしまった土地が沢山あることに着目しました。

世界的食糧不足を解決するため、放置された開拓地を再利用すべきと考え、各地の遊休地を調査しました。

そんな時に経験したことです。

各地を調査してまいりましたが、膨大な面積が放置されていることがわかりました。気象条件が悪く、放置したものが多かったようです。

3月中旬のことです。北海道のオホーツク海岸を走る列車で札幌―留萌間を北上する時、猛吹雪に遭い、途中で列車が運転中止になり、立ち往生してしまい、急遽、旅館を探し、何とかやりくりをして事なきを得ました。駅を出て宿に行くまで、強風と吹雪で前が見えない状態で苦労しました。

これが地吹雪、ブリザードだったのです。

それから十数年後に、旅行会社が大変さを逆手にとり、「ブリザードを経験しませんか」との宣伝文句でツアーを組んで募集しているのを見ました。

今もまだやっているのかわかりませんが、まれな経験ができます。

一度チャレンジしてみてはいかがでしょうか。

世界的には食糧危機の国もありますが限定的で、食糧危機は幸いにも先進国には広がってはいません。

十数年前、冷害でコメの減産がひどく、外国からコメを輸入しなくてはならない年がありました。日本のコメと違い、敬遠されました。

またいつ冷害のような被害が出るかわかりません。

備えをしておかなければなりません。開拓後に放置された土地も見直すことも検討する必要があるのではないでしょうか。

食糧危機が迫ってきた時には、野生に生えている、カラスノエンドウの実や、セイタカアワダチソウの新芽などを食料とすることを考えてはいかがでしょうか。

天ぷらにすると美味しいですよ。

野生で食料になるものがまだ沢山あるはずです。探してみましょう。

流送、男の世界

昭和47（1972）年、食堂「千門」の親父さんが、民宿を始めました。

雨の日や夜など遊びに行き、親父さんから珍しい話をいくつも聞きました。

昔、テキヤをやっていた頃の話や、変わった人たちの話を聞かせてくれました。

さらに、民宿には旅行者でなく、仕事をするために長逗留する人も数人いましたので、変わった人がいるから話を聞いてごらんと言われ、会いに部屋に行きました。

「若い時、流送《りゅうそう》をしていた」という男性です。興味を持ち、話を聞きました。北海道雨竜郡に母子里《もしり》という小さな開拓集落があります。深川と名寄を結ぶ単線のローカル線（今は廃線）で、中ほどの地点です。白樺や岳樺《だけかんば》の林や、エゾマツ、トドマツの森林に囲まれた山深い集落です。

厳寒地で零下40度を超える寒さを記録した所です。

その年の秋に私は母子里を訪ね、ある民家に泊めてもらいました。

そこが流送をしていた拠点であったからです。

雨竜川の上流で入植した人たちは、大変な苦労をしたであろうことは想像できます。厳しい気候の中、田畑を耕し、わずかな食糧を得て暮らし、冬は原生林を伐採し、春に搬送します。その搬送方式に特殊性があり、興味を覚えたのです。

大木を搬送するのには一般的にトラックを使いますが、そこは道路事情も悪く、使うことができず、荷車に乗せる大きさより、はるかに大きな大木です。

冬に切った大木を雪の上を滑らせ、川まで引き落とし、貯留します。

早春に、材木で堰を作り、水を貯めて、川に小さなダムを作ります。

堰を決壊させ、ダムに浮かべた大木を水と一緒に下流へ流すのです。

大木の上に乗り、岩や岸にぶつからないように方向を調節し搬出しました。

命がけの男の世界でした。命を落とした仲間もいたとのこと。

開拓者は、その木を売って生活していたのだそうです。

勇気がある男が持てはやされた、限られた男の世界です。これが流送です。地方によっては鉄砲《てっぽう》流と言う所もあります。

そこより下流の朱鞠内《しゅまりない》に、その跡がわずかに残っています。その後にできた朱鞠内湖に異様な景色が今もあります。湖水から大木の柱が多数出ていました。

冬の雪深い時期に木を伐採したため、根元から5メートルくらい上から切り倒したからです。雪解けし、切り株が現れたのです。

大変異様な景色で驚かされました。今も腐らずに残っているでしょうか。

母子里とは、冬場、男は森林伐採のために出かけ、飯場生活をし、女子供だけしかいない集落だから、名付けられた名前だとのことです。

男のロマンを感じました。

大雪山の絶景ポイント

北海道層雲峡でレンタサイクル営業中に見つけた絶景ポイントの話です。

大雪山国立公園の入り口に陸万という集落があります。入り口左側に万景壁《ばんけいへき》という高さ150メートルの大きな岸壁があるのです。昔、大雪山が噴火し、向かい側の山、ニセイカウシュッペとの間を溶岩と火山灰が埋め尽くし、平原ができたのであろうことが想像されます。

そこを長い期間、石狩川が削り、素晴らしい渓谷、層雲峡ができ上がりました。

残念ながら、今は観光客は行くことはできませんが、万景壁の上が絶景ポイントです。

戦後、20家族ほどの開拓者が入植しましたが、10年ほどで放棄してしまった土地で、30ヘクタールはある平地です。

標高が高かったため困難を極めたようですが、森林を伐採し、材木を売って生活の糧にしていたようです。

平原の向こう、石狩川を隔てて、大雪山連峰の山、黒岳、上川岳、北鎮岳《ほくちんだけ》、愛別岳、旭岳の山々が間近に、同じ目線で眺められる所です。雄大な雪を頂いた大雪の山々が広がります。振り向けばニセイカウシュッペのマッターホルンに似た山が近くに見えます。

大雪山の黒岳から下を覗くと、反対の山との間に大きな平原があります。石狩川を挟んで反対側です。

現在の土地の所有者は大半が北海道で、一部、上川町が所有しています。開拓者が引き揚げる時に買ってもらったとのこと。

昭和45（1970）年頃、そこの観光開発を計画し、北海道庁に土地の借用を求めましたが、取り合ってくれませんでした。

万景壁の上までロープウェイで登り、平原にホテルやレストランを建てたら、大雪山連峰を見ながら食事をし、見事な絶景を見ながら宿泊をするという素晴らしい観光地となると確信したからです。

スイスのアルプスに匹敵する絶景です。皆様をお連れしたい気持ちですが、今はクマヤシカが生息しています。埋もれてしまっている景色です。

いつか、7月頃に行ってみたい気持ちです。

日本にもこんな素晴らしい所がまだ埋もれています。

平原の向こうに大雪の山々が同じ目線で、広々と浮かんで見えるのです。

イメージを伝えるのは難しいと感じていますが、でも想像をしてみてください。圧倒されますよ。

「民宿ランプ」の宿と八重のおだまきの花

昭和50年代の初め、民宿が全国的に広まっていた時の話です。

北海道への旅行者も若者であふれ、賑わっていた時期です。

若者はユースホステルか民宿を利用し、10日から15日くらいの計画で、国鉄の周遊券を利用し、ゆったりとした旅行をしていた頃です。

レンタサイクルをしていた層雲峡から、次の目的地が網走という人が多くいました。

そんなことから、網走の「民宿ランプ」に泊まる若者が多かったようです。「民宿ランプ」は網走駅の裏側に位置する所にあり、天都山《てんとざん》の麓にあり、経営者は山の半分を所有していました。人気のある宿でした。

秋の終わりに店を任せ、ヒッチハイクで道内旅行を毎年していましたから、「民宿ランプ」に泊まらせていただきました。翌日、裏庭に花が咲き誇り、鮮やかでした。美しい花「おだまき」でした。その中に、珍しい八重咲きの花もありました。初めて見た花でしたので、ご主人に頼み、種を送ってもらいました。自宅で栽培し、今も庭で咲いています。大変珍しく美しい花ですので、増やしていくつもりです。

ご主人とも親しくなり、情報交換をたびたびしていました。ある年、大学の先輩が、夫婦で北海道旅行をするとのことで、網走での宿泊の紹介を頼まれ「民宿ランプ」を紹介しました。私もそこで待ち合わせ、同宿したのです。特別の接待をしてもらい、他に客のいない秋でしたので、夕食にウニを沢山出してくれ、タラバガニも大皿に山盛り1杯出してくれました。3人でも食べきれないほどありました。

先輩とは翌朝別れて、のんびり過ごし、天都山に登りました。天気も良く、風もない好天でした。山頂近くの草の上で昼寝をした時のことです。

気分よく過ごし、夜、風呂に入った時、左ものの上部に小豆くらいの黒いものが付いていました。痛みもなく何だろうと思い、つまみ、引っ張ったら、千切れ、出血しました。マダニに刺されたのでした。頭部が皮膚の中に残り、頭を強くつまみだし、血を出し、毒も出しました。

マダニにはSFTSウイルスを持っているのが、いるといわれています。感染すると大変で、重体になることもあるといわれています。

幸いにもウイルスを持っていないマダニであったわけですが、今も刺されたところは黒く跡が残っています。

草むらに入るのも気を付けなければならないと思い、草むらで寝転ぶのも慎重になりました。

北海道3大秘湖

昭和45（1970）年頃から、若者の旅行者の中に穴場を訪ねる観光客が増えてきました。

私もレンタサイクルのシーズン終了の秋に、ヒッチハイクをして道内を旅行しました。阿寒湖の近くに小さな湖、「オンネトー」があり、人気を集めました。

好奇心の強い私は気ままにヒッチハイクで旅行し、気に入った景色の所で降ろしてもらい、地元の人に話を聞きながら、あまり知られていない所を探し出すのが楽しみでした。そして、層雲峡で旅行者に穴場を勧めました。

然別《しかりべつ》湖の温泉の向かい側に、通称「くちびる山」というのがあります。その山の裏側に「しののめ湖」という小さな湖があります。船で渡って、くちびる山の裏側に行かなければなりません。小さな湖ですが、行ってみる価値があります。

もう一つが、支笏《しこつ》湖の近くにある「オコタンペ湖」を勧めました。ここも行く人の少ない穴場です。

層雲峡に来るお客様に勧めたのが功を奏したのか、若者が穴場を訪ねるのがブームとなり、旅行作家が私の所に取材に来るようになりました。何冊かのガイドブックに掲載され、大勢の若者が穴場を訪ねる時期がありました。

10年ほど続きましたが、今は個人旅行者が減り、訪ねる人も少なくなっているそうです。

今はどうなっているのかわかりません。

迷える旅行者にお手伝い

春や秋の一人旅をする人の中に、失恋や失業、病気などで悩みを持って北海道へやってきた旅人が沢山いました。中には訳あり夫婦もいました。

店で何気なく声を掛け、話を聞いてやると、悩みを打ち明けてくれます。

死に場所を求めての北海道への旅人が、毎年数人いました。

数週間後、「元気を取り戻しました。生きてみようと思います」との、お礼の手紙を十数通いただきました。

声を掛けるということがお役に立てたのだ、と胸をなで下ろしたことを思い出します。

日本一美しい紅葉

北海道大雪山国立公園の高原温泉より2時間半のハイキングコースは、大雪山連峰の緑岳の麓、20以上の沼巡りの絶景です。

特に紅葉の季節は、ナナカマドの赤紫から深紅、桂の黄金色、楓の黄色から深紅、エゾマツの青と三原色がちりばめられ、それは見事な秋景色です。いくつもの沼に映り、山には残雪が残り、別天地です。

秋分の日を挟んで、前後3日間くらいが例年紅葉の時期です。

レンタサイクルのお客様を案内した時、沼に出るたび、「わあ!」っと、歓声の連続でした。

絶壁には残雪も残り、三原色の紅葉と湖とで織りなす絶景です。

土俵沼、鏡沼、緑沼が最高です。

沼に三原色の紅葉が映るのです。それはきれいな景色です。

一度この時期に行ってみてはいかがでしょうか。

ここの紅葉を見てしまうと、本州の紅葉が物足りなくなるかもしれません。

高原温泉に宿泊もできると思いますが、このシーズンだけ、層雲峡からバスが出ていると思います。

ただし、ヒグマが出没すると入山できません。諦めてください。

当時、ＮＨＫが撮影にきて、番組のお知らせの画面に毎年使っていましたが、撮影日が４、５日早く、最もきれいな景色は放送されませんでした。

撮影し、編集する日にちが必要なのだそうです。

来年のための撮影をすればいいではないかと、カメラマンをからかったことがあります。

本当に絶景ですよ。是非行ってみてください。

第三章　すみに置けない炭の話

すみに置けない炭の話

炭といえば、燃料としての炭を思い浮かべることでしょう。暖房用の炭は、今日ではほとんど使用されていません。焼肉屋やうなぎ屋で燃料として使用されているくらいです。

木炭は自然木を炭化したもので、昔から、炭焼き窯で焼かれる木炭が知られていま す。

木炭の利用方法は燃料だけでなく、多方面に活用が考えられています。田畑の土壌改良材として有効であり、大量に使用していたＪＡ経済連もありました。水質浄化や臭気除去など、多方面の利用価値があります。

焼く温度や焼き方で多少の差はありますが、炭１グラムで穴が５千から２万個ほどあります。この穴が、臭気を吸着し、浄化します。

老人ホームで、リネン室の臭気が強いため、呼吸を止めて必要なものを取りに行く所もあると聞いています。

木炭を小さく粉砕して、1センチから2センチくらいの炭を袋に入れ、リネン室に置き、臭気をなくした例もあります。

部屋のすみに木炭を袋に入れて置いておくだけでも、部屋の空気を浄化できます。エアコンの吹き出し口に、籠を造花で飾り、中に炭を入れ、吊るしておけば部屋全体の空気の浄化ができるでしょう。

水質浄化の利用例として、ゴルフ場があります。調整池は肥料や消毒薬の残りが入り込み、汚染されます。

中国地方のゴルフ場には、木炭を袋に入れ、重しを付け、大量に沈めて水質浄化を果たした所もあります。炭の穴に住み着くバクテリアに浄化してもらうのです。

流れる水の浄化は無理です。1次的ろ過はできますが、直ぐ詰まってしまい、効果はなくなります。

土壌改良の炭の利用法として、木炭も焼く温度により性質が異なります。密度の差、穴の数の差、炭化度の差と多種多様です。

畑に炭を入れ、土壌改良の目的で使用する場合も、炭の品質により効果に差が出ることをご注意ください。

炭を入れると空間ができ、酸欠を防ぐことができます。

土地の中性化、水はけの改善の他、特に炭の穴に生息するバクテリアの家としての役割があります。堆肥などの有機物をバクテリアが餌として食べ、分解し、植物の根が吸収しやすくする働きが重要です。

バクテリアも多数の種類があり、炭の焼く温度により、アルカリ度に差が出ます。実験では、高温で焼いた備長炭より、４００度から５００度で焼いた雑木の炭に住み着いたバクテリアが、有機物を分解する割合が高く、適しているとの結果が出ています。

消し炭のように軟らかい炭は崩れて粉となり、大量に入れると水はけが悪くなり、弊害が出てしまいます。

ある程度の硬さと弱アルカリの炭を1ミリから3ミリほどに粉砕した広葉樹の炭が良いと思います。

一度畑に入れれば、５年から10年は効果が期待できます。

床下に炭を入れることにより、温度調節をし、シロアリの防除にも役立ちます。

雨の日の湿度が90パーセントを超える時、床下は１００パーセントに達し、結露が始まります。床下は外気より温度が1度から２度低いので結露し、カビの発生原因となるのです。

床下の湿度が高くなれば、炭が吸着し、結露を防いでくれ、晴れた日など湿度が低くなれば放出し、乾きます。

入れる分量にも基準があります。

実験で、どの炭がより効果的かの結果も出ています。

備長炭、雑木の広葉樹炭、オガクズ炭、もみ殻炭、建築廃材炭、竹の炭などを同じ条件で重量を量り、湿度を60パーセントから90パーセントまで上げていき、また重量を量ります。それからまた湿度60パーセントに下げ、重量を量ります。これにより水分の吸着量を類推します。

備長炭は吸着量が少なく不向きです。雑木広葉樹炭が大量に吸着し、放出しました。オガクズ炭、もみ殻炭、建築廃材炭は効果が劣りました。

一番適していたのが竹の炭でした。吸着量も多く、放出量も最大でした。竹の炭をお勧めいたします。

家畜に炭を食べさせたら、どのような効果があるでしょうか。

豚や鶏の餌に混ぜて炭を食べさせることは、もう20年ほど続けています。雑木広葉樹炭を粉砕し、2ミリから4ミリほどにし、篩《ふるい》にかけた炭です。炭を食べさせることにより健康になり、尚且つ良質な肉が生産できます。糞尿の臭いも軽減され、豚舎の臭いもかなり軽減されます。

炭を焼く時に出る煙からとる木酢液を炭に染み込ませ、与えます。また、飲む水に混ぜます。混ぜる量は色々実験した結果で運用しています。

その餌で育てた豚は、スライスしてもドリップが出ず、焼いてもちぢみが少ない特別な肉です。豚のバラ肉のしゃぶしゃぶをしてもアクがほとんど出ません。脂身に甘みがありさっぱりしていて、とても美味しいと推薦できます。

鶏は餌の中から炭を選んで先に食べます。

養鶏業で研究熱心な方がいて、木酢液を炭に染み込ませ、それを混ぜた餌に彼が見つけたバクテリアを振りかけ、３日ほど寝かせてから食べさせることをして、とても良質な卵を生産していました。

なんと、半年経って腐らない卵です。腐敗せず、乾燥してしまいます。そして、卵アレルギーの人でも食べることができる卵を生産したのです。大変特異な卵です。１日５０００個ほど生産できます。１個50円しましたが、宅配便で50個単位で送り、売れ残ることはありませんとのことです。

老けて廃鶏となるその鶏肉も肉質が良好で、食用として流通できました。

人間が炭を食べたらどうなるでしょうか。

粉粒炭にして液体と一緒に飲んでしまえば、無味無臭の炭を取ることができます。効果は腸内フローラが改善し健康になり、おならや便の臭いが大きく抑えられ、トイレの直後に次の人が入っても、抵抗なく用がたせます。

便秘の改善にもつながり、大腸の壁に付いた宿便を排出することができ、体重も２キロほど減ります。ただし健康になりますので、食欲が出て、大量に食べたらだめです。

わずか0・2グラムくらいの炭を取ります。特に竹炭が有効です。竹炭でも孟宗竹よりも真竹の方が効果大です。

腸内フローラを改善し、腸内の善玉菌を増やし、腸を活性化させるからです。

胃腸が弱く、調子の悪い人は、是非、お試しを。製品もあります。

炭も色々な利用方法があり、もう一度見直してみてはいかがでしょうか。

地衣類からの被害対策

苔とカビの間に位置する植物で、岩や大木に寄生する地衣類の被害が注目されてきました。

桜のソメイヨシノの寿命は40年から50年といわれています。花を盛りと咲き誇っていた桜が、やがて大木になり枝が枯れ始めます。

原因は、幹や枝に白っぽいカビのようなものが張り付くことです。

これが地衣類です。これが寄生しますと、やがてその枝や幹は枯れてしまいます。各地の有名な桜並木で花見をして楽しんだ所が、枯れ始めています。ほとんどが地衣類の寄生が原因です。

では、どうしたらいいでしょうか。

日本地衣学会から、寄生した地衣類に木タールを塗ることで地衣類を死滅させ、木が枯れるのを防げるという研究結果が発表されました。研究により、多方面の活用法が開発され、有効性も明らかにされてきました。

木タールは生産量が限られ、注文に対応できません。

沢山の人たちが毎年花見を楽しみにしている桜の名所が、消えていくのは寂しいことです。

我が家の庭の紅梅の木の中心部が枯れてしまいました。枯れた幹を切り、処分しましたが、他の豊後梅の中心の幹も今年、花が咲きませんでした。

枯れてしまうのかなと思いましたが、桜の木と同様、地衣類のたぐいかと判断し、木タールがなかったので木酢液を幹や枝にかけました。

数日して、枝に芽が出て、葉が生い茂り、元気を取り戻しました。今は青々と葉が茂り、元気よく成長しています。来年は花が沢山咲き、実もなることを期待しています。

木酢液でも枯れるのを防ぐことができることを実証しました。

木タールを取ることは大変ですので、木酢液で代用できれば、需要に対応できます。研究者の皆様、木タールの研究とともに木酢液での研究を検討してみてください。お願いいたします。

美味しい牛肉の話

和牛が世界的に注目されています。美味しい肉として評価されています。霜降りの肉、柔らかく美味しいですね。どのようにして生産するのでしょう。品種の問題。餌の問題。飼い方の問題。肥育年数の問題。色々あります。でも、思わぬ情報を知ることができました。

木炭を豚や鶏に食べさせて、美味しい肉や、よい卵を生産している知人がいます。

ある日、牛を肥育している牧場主から木炭の注文が入りました。

糞尿の臭いを消すために木酢液を納めることはありましたが、木炭を注文されることはありませんでした。

豚や鶏のように餌に混ぜて食べさせるのかと思いきや、牛が下痢をした時に炭の粉を口の中に多量に放り込むのだそうです。下痢止めのためだそうです。

少量食べさせれば牛の健康にはいいのですが、牧場主の説明では、美味しい肉はあまり健康な牛ではだめなのだそうです。

少し不健康で、病気気味の牛の方が、霜降りが入って美味しい肉ができるのだそうです。フォアグラも無理やり餌を食べさせ、不健康な肝臓を食べるのです。

金持ちは、高いお金を出して、不健康の牛の高級肉を食べています。

我々貧乏人は、健康な牛の肉が食べられればいいですよね。

畜産農家の悪臭対策

地方都市で住宅地が広がり、畜産農家の近くに住宅ができ、悪臭に対する苦情が増加しています。

家畜の糞尿の発する悪臭は、生活を不快にさせる大きな要因であります。

自治体も巻き込み、対策に苦慮しています。

平成の初め頃と記憶していますが、テレビで報じられたニュースで、山梨県清里でペンションが各地にでき、観光客が多く訪れるようになり、お客様が美しい景色に親しみ人気を集めましたが、牧場に撒かれた糞尿の悪臭が不快感を与え、苦情が上がってきました。

ペンション経営者から牧場に対して対策を求めてきましたが、後から来て文句を言うなと断られました。

しかし、ペンションの客が多くなり、苦情が激しくなり、度重なる苦情から牧場主も困り、何か対策はないかと研究したのです。炭を焼く時に煙から取れる木酢液が悪臭対策に有効であることにたどり着きました。

糞尿に木酢液を加えると、アンモニア窒素の臭いが消え、悪臭が大幅に抑えられることで、木酢液を使うようになり、解決したとの情報でした。

これが連続式木炭製造装置のプラントを開発するヒントになりました。

炭を焼くのに、材料を狭い窯の中に並べたり、取り出したりするのに、中腰の作業が続きます。腰を痛める作業です。

その時から、木酢液や木炭について研究をし、効率的に多量の木炭や木酢液を作る連続式木炭製造装置の開発をし、事業化をしました。

ステンレスの大きな籠に材料となる材木を詰め、フォークリフトでレールの上に乗せ、連続式の長い炉の中に押し込んで、熱効率よく木炭にする機械です。ところてん方式で、一つ押し込めば一つ炭化して炭になり、籠が出てくる方式の機械です。

効率よく木酢液も回収でき、多方面に利用されています。

いくつかの自治体から畜産農家に補助金を出してもらい、木酢液を配布することができました。悪臭対策のため、その木酢液を供給させていただきました。

チャコールキルン（連続式木炭製造装置）　システムの実施例

今も、養豚場に炭や木酢液を納入させていただいていますが、肉質が向上し、悪臭対策にも好評を得ています。

飼料に木酢液を染み込ませた木炭を混ぜて、食べさせ、水に木酢液を混ぜて飲ませることで肉質が変わり、甘みが出てさっぱりし、見た目も異なり、高級肉が生産されます。東京の一部の高級ホテルにその肉は納品されています。

豚のバラ肉をしゃぶしゃぶにして食すると甘みがあり、美味しさがはっきり出ます。アクがほとんど出ませんので、最後におじやにして食することができます。

農場で堆肥の悪習を防ぐのに木酢液が大変有効であるといえます。

今悪臭で困っている事業者に検討をお願いいたします。

イノシシやシカの農作物被害からの防護策

人間が生息域に侵入してしまったこと、山林の荒廃、気象異常による餌の変化、農業従事者や狩猟者の高齢化、自然保護運動の弊害など原因は様々ありますが、各地にイノシシやシカによる農作物の被害が出て、山間地の農家の人が悲鳴を上げています。

イノシシやシカが農地に入らないよう柵や電線を巡らしたりして対応していますが、防ぎきれません。

研究機関で実験が試みられていますが、木タールが有効であると注目され、実験に使用したいので木タールを送ってほしいとの注文が各地から来ています。注文に応えきれません。

木タールは、炭を焼く時に出る煙から回収する木酢液の中から取り出すもので、大量には回収できません。

煙の臭いが強く、動物は嫌います。この臭いを利用するのです。

動物は火を嫌います。煙の臭いも火を連想させるから近づかないのでしょう。

農地の境界に沿って木タールを塗っておけば、長い間、煙の臭いがしますので近づきません。

そこで、気付きました。煙の臭いが有効であるならば、木酢液で代用できないかということです。

タールは粘度があるので長時間効果が保たれますが、木酢液をそのまま散布したのでは雨などで流され、効果を失います。

そこで、使い古された毛布や、着古した衣類を境界線に埋め込み、そこに木酢液を染み込ませるのです。長期間煙の臭いを確保できますから、有効のはずです。

定期的に染み込ませれば、有効に作用し、被害を防ぐことができるはずです。

生産量の少ない木タールより、安価で大量に生産できる木酢液を利用するビジネスモデルを提案いたします。

イノシシやシカが増えすぎた状態で放置すれば、別の所に行って、別の被害を生みます。

適当な数まで減らし、捕獲してジビエ料理として食料に組み込むことを考えなくてはならないかもしれません。

学者をはじめ、研究者のご健闘を祈ります。

乾燥皮膚炎を抑える入浴剤

温泉に入ると温まり、湯冷めしないといわれます。なぜでしょうか。

温泉の中に多数の鉱物イオンが含まれています。その作用です。

水は分子単体ではなく、集合体クラスターとして存在しています。

水の分子が300から600ほどの集合体です。この大きさですと毛穴の奥までは入れません。

温泉には鉱物イオンが含まれ、クラスターを細かく分離し、10分の1ほどに細かくしてくれます。それで毛穴の奥まで入り、体の芯まで温めてくれるのです。

入浴剤にはこのような働きをしてくれるものがあるのです。

木酢液には、クラスターを分解する効果があり、多方面で使われています。

農業では、消毒液や殺虫剤を薄める水に木酢液を入れ、希釈率を500倍ほどに増やして、薄くしても効果を発揮できるという効果もあります。

細菌や虫に浸透しやすくなるため、濃度が薄くても効果が出るという原理です。このことを利用して、水を細かくしてくれるのなら、入浴剤として使ったらどうだろうかと考えました。

木酢液を精製し、浮遊タールも除いてきれいなものにし、お風呂に少し入れてみたのです。色々実験をした結果、200リットルほどのお湯にペットボトルのキャップ1杯ほどが適量であることがわかりました。

温まり、湯冷めしないお風呂になります。試験していただいた方から、乾燥皮膚炎で痒くて困っていたが、痒みがなくなりましたとの報告があり、痒みを抑える効果もあることを発見しました。また虫刺されや水虫で痒くて困っている人に、木酢液をつけてもらいましたら、痒みが治まり、痒みを抑える効果もあることを確認しました。

アトピー性皮膚炎でお化粧もできないと悩んでいた人に、痒いと感じた時につけてみてくださいとお勧めし、実験していただきました。痒みが治まり、掻くことが少なくなり、お化粧ができるようになりましたとの報告を受けました。

冬に多くの人が経験する、乾燥による痒みを軽減するために、お風呂に木酢液を入れ、乾燥皮膚炎も治せるのではないかと入浴剤を開発しました。

普通のお風呂で、ペットボトルのキャップ1杯分を入れます。

これで温まり、湯冷めせず、1か月ほど続ければ、乾燥皮膚炎を抑えてくれる効果が期待できます。

入浴剤の色を薄くするため水で薄めすぎると菌が発生し、浮遊物が出てきます。それを防ぐため、殺菌剤を入れている商品が出回っていた時期もありました。そんな商品は不適格です。使用しない方が無難です。

臭わない「おなら」

不快にさせるものの一つに、おならの臭いがあります。

他人のものであれば不快に思い、自分のものであっても臭いと思い、できたら臭いをなくしたいと思うわけです。

トイレに行き、次の人のために気を使い、また、前の人の臭いも不快です。体調を崩し、不健康であると強くなり、迷惑をかけることになります。

大腸の腸内フローラの調整で、臭いを抑えることができます。腸内フローラを快適な状態に保てば、健康にもなり、臭いも抑えることができます。

炭を食べる、または飲むことで、腸内フローラを改善することができます。

大便だけでなく、おならの臭いもかなり抑えられ、他人に迷惑をかけずに済むようになります。

炭を食べることで、腸内の宿便も排出され、ダイエットにもつながります。

炭は無味無臭です。完全に炭化された炭でないといけません。

小さな粒状の炭を、耳かき1杯ほどを口に入れ、水や液体で飲み込めばいいのです。

炭も竹の炭、孟宗竹よりも真竹の炭の方が効果的です。炭化されたものでないと効果は期待できないでしょう。1か月ほど飲み続けてください。

他人に気を使わずに済み、健康になれますので、一度試してみてはいかがでしょうか。

製品もあります。

地球温暖化の加速を食い止めるための提案

地球環境が激しく変わり、大きな自然災害が各地で起き、大きな被害が出ています。要因の一つである地球温暖化を阻止するため、二酸化炭素の排出を抑えることが急務として取り組まれています。

二酸化炭素の排出ゼロを各国で宣言していますが、実現できたらいいなと思いますが、無理なことと思います。

人類は、生活のために使うエネルギーの大半を石炭や石油、天然ガスなどに頼っています。

これらは効率よく使用したり、技術革新により使用を削減することは可能です。しかし、ゼロにすることはできません。できないことを目標に掲げたら、賛同する人の腰が引けてしまいます。

化石燃料は極力避けるべきですが、自然エネルギーの活用も限界があります。太陽光、風力、波力、地熱、水力などがもっと効率よく、安価で活用できれば普及するのでしょうが、コストの面で実用化することが課題となります。

自然エネルギーの活用をするのであれば、施設を設置する費用が、売電価格に見合う料金に設定し、本格的に普及に努める方針を打ち出すべきです。

太陽エネルギーのソーラー発電を試みた者が、電力会社の買取価格の値下げにより困惑して、新たな増設をしようとしません。

ただ、エネルギーを安く使おうと考えることが間違いではないでしょうか。エネルギーの製造コストが上がっても、地球環境を守るためにやむを得ないと考える必要があります。

節電できる商品の仕様の普及や、無駄なエネルギーを使わない生活を心掛けることも必要です。省エネの社会の構築が急務です。

温暖化の原因は二酸化炭素といわれてきましたが、牛などが出すゲップに含まれるメタンガスが炭酸ガスの２００倍も温暖化に影響するといわれています。皆様がするおならやゲップなども温暖化の原因になるのです。

シベリアなどの極限地の凍土が解けて、そこから出てくるメタンガスが大量にあり、温暖化を加速しています。


バイオ燃料として植物を原料として燃料を作り、それで発電し、二酸化炭素を減らそうとしています。バイオ燃料は空気中より二酸化炭素を吸収した植物を原料にすることから、燃料として燃やしても差し引き0であるとのこと。

この方法は有効的な考えだと評価します。しかし万能ではありません。

大豆やトウモロコシなどを原料にバイオ燃料を生産しています。大豆やトウモロコシなどの穀物が世界的に不足して、値上がりしています。

天候不順の影響もあり、食料としての穀物が不足している中で、世界的に価格が上がっています。この方法は正しいのでしょうか。


私が提案したいのは、植物を乾燥させて、それを粉にして燃料として使うことです。

草木は乾燥させれば簡単に粉になります。それを炉の中に空気と一緒に吹き込むのです。

最初に目を付けたのが高速道路の側面の草の処理、また河川の土手の草の処理。これはどのように処理しているのでしょうか。

草刈りをして、それを処理するまで、2、3日放置してあるのを見かけます。乾燥し、重量も軽くなり、運送するのに楽になるからでしょうか。

ほとんどが焼却処分するそうで、ごく一部堆肥にするとのことです。

国土交通省に伺いましたら、一級河川敷の処理だけで年間280億円の予算だそうです。高速道路の側面や国道の側面を含めたら大変な予算をかけて毎年処理をしていることになっています。草木を焼却処分しても、新たに二酸化炭素が発生するわけではありません。

これらの草を乾燥させ、粉にして燃料として活用すれば、二酸化炭素の排出削減にも役立ち、処理費用予算だけで新たなエネルギー燃料として利用できるわけです。

大豆やトウモロコシなどの農産物の収穫後の茎や葉の処理も同様にすれば、二酸化炭素の削減に役立つはずです。

草木の粉を使って発電もできます。方法は色々ありますが、炉の中に空気と一緒に粉を吹き込めば、大きなエネルギーが得られるでしょう。

粉にする機械や、粉を燃料として使う炉の開発研究が必要になりますが、難しいことではありません。安全性を確保するための工夫が必要ですが、色々な利用ができるはずです。

捨てられ、処分される草木を粉にして、燃料として再利用することを検討すべきです。

発想の転換をして挑戦してはいかがなものでしょうか。

畑の土壌殺菌

農作物を生産するのに、連作障害というのがあります。

これを防ぐために、作物の種類を変えたりして工夫して生産しています。

土壌に生息する細菌が、連作により、特定の菌が増えすぎて障害を起こすといわれています。

土壌の中の環境を保つために、堆肥を入れたり、消毒をしたりして、生産を続けています。

土壌の中に雑菌が増えすぎると、色々な弊害が生じてきます。

農家の人たちは、数年おきに土壌殺菌をしています。

従来はクロルピクリンを散布し、ビニールで覆い、数日そのままにしておき、殺菌をしました。

大変毒性の強いもので、散布時はマスクを着用し、吸い込まないよう気を付けます。

完全に殺菌してしまいますので、ビニールを外した時に、最初に入ってくる菌により、環境が支配されてしまいます。

土壌殺菌の毒性の強いクロルピクリンの代わりに、木酢液が有効であることがわかりました。

安全であり、作業も簡単で、散布するだけでいいのです。

自然体系を壊さず、環境を正常に戻してくれるのです。

木酢液は酸性で、ペーハーは４から５です。

土壌は、散布時に酸性になりますが、木酢液は自然のもので、１週間もすると中性に戻ります。併せてミネラルの補給になります。

それから種まきしたり、苗を植えれば、正常に育ちます。作物全般に甘みが出ます。

連作障害も防げますし、薬による人間への被害も心配いりません。

1反歩当たり、60リットルほど散布してください。

土壌の自然環境が保たれ、正常な生産活動が続けられます。

猛毒のクロルピクリンを使用し、薬害を受ける人もいます。

自然物から生産される木酢液は安心して使え、ミネラルの補給にも役立ち、土壌殺菌をするのには大変有効なものと言えます。

薬に頼らず、木酢液を使用してみてはいかがでしょうか。

汚染された土壌の無害化

工場跡地や埋め立て地などで、化学物質で汚染された土地が問題化し、環境問題としてニュースで取り上げられています。

東京都が昔、海を埋め立て、ヘドロを固定化するのに有効であると、化学工場では厄介な廃棄物の鉱滓《こうさい》を積極的に利用し、東京湾の埋め立てのために投入し、土地をつくりました。

クロム鉱滓がヘドロの固定化に有効であったため採用され、会社も処理しなければならない鉱滓を処分できたわけですから、有効なものとして使用されました。

しかし、土地が六価クロムで汚染され、黄色い水が流れる土壌汚染の土地となりました。

江東区や江戸川区、葛飾区の一部の土地の地下は汚染されたままになっています。表面は他所から運んできた土を埋め立てたからです。

六価クロムは有害で、体内に入ると骨が溶けるなど、大きな障害がもたらされます。土壌が汚染されますと、地下水は汚染され、利用することはできません。

有明の森の護岸から大雨の後、汚染された黄色い水が流れ出している所があります。テレビのニュース報道もありました。

工場跡地を利用する場合も、土壌が汚染されていないかの調査を受け、汚染されていないかの証明を付けなければ売買することができません。

六価クロムや鉛、カドミウム、エチレン、硝酸窒素など金属や化学薬品の汚染は、無害化処理をしなければなりません。

従来から、六価クロム汚染土壌の無害化工事の主流は、硫酸第一鉄の粉末を汚染された土壌に撒き、接触させ、三価クロムに還元し、無害化し、運び出し、山間地に投棄する方法が取られてきました。現在も行われています。

完全に混ざっているか、また、必要量の硫酸第一鉄が使用されたかで、完全無害化ができたかの判断をしなければなりません。

工事は大半が大手のゼネコンが行っていますが、処理した土壌を完全に無害化できたかの判断をする前に、処理場へ投棄しているのが現状のように思われます。

処理場で余分な硫酸第一鉄が二次公害を起こし、鉄さびの水が流れ出る現場もあり、足りなければ六価クロムが完全無害化できず、不十分のまま放置されます。

大量の土砂を運び出し、最終処分場で埋め立てる費用や無害化処理費用が多額になるため、工場を閉鎖したまま放置している現場も各地で散見されます。

近年、千葉県内の大手硝子工場の跡地利用のため、大掛かりな無害化工事が行われました。

面積が大きかったため、当初200億円の予算で無害化工事が行われましたが、間に合わず、さらに200億円の予算を組んで実施され、無害化されたとして、県や市から開発許可を得ました。

しばらく放置されていましたが、草の生えない所もあちこちに見かけられました。

大手マンション開発会社が都内の土地にマンションを建設するため、汚染された土壌を硫酸第一鉄で一応無害化したとして、佐倉市の空き地に大量に投棄しました。

県や市は調査をし、許可を出しましたが、後日、雨上がりに窪地に黄色い水が現れることが、市民からの通報で表面化し、新聞やテレビで報道され問題視されました。

六価クロムの汚染土壌であることが判明し、マスコミでも問題にされましたので、投棄した開発会社が他の場所に運び出し、処理しました。

どこに運び出したのでしょうか。運び先は安全なのでしょうか。

大手デベロッパーが処理することがほとんどですが、山間地に運び出し、無害化する土壌は大変大きな量です。

素晴らしい技術が開発されましたが、一般にはなかなか採用されません。

北海道工業大学の渡辺教授が開発した方法が画期的です。

汚染された土壌に木酢液を散布し、六価クロムを、クロムを中心とした高分子の複合錯体にしてしまう技術です。水に溶けず、三価クロムの安定した高分子の複合錯体になってしまいます。

汚染されている土地の深さが何メートルかを調べ、そこまで木酢液を染み込ませれば完全無害化ができる技術です。

木酢液により効果に差がありますが、必要量が散布されれば問題ありません。従来工法より安全、確実で、経費も10分の1程度で無害化処理ができます。土砂を運び出す必要がありません。

ゼネコン数社にこの手法を説明に行きましたら、工事担当者は大変関心を持ちました。ですが、従来工法を推奨していた大学の研究機関にお伺いを立て、教授に意見を求めると、否定的意見が示され、それで部長会議や役員会で木酢液による無害化手法は否定されてしまいました。

従来の工法は、無害化した土を運び出し、山間地に埋める工事が経費を積み上げるうま味があったのですが、木酢液による工法では、簡単に処理でき、運び出さないと利益を生み出すことができなくなるからです。

教授たちは、この方法を認めれば、自分の地位を失ってしまうのでしょう。否定的意見を伝え、木酢液による無害化工法を認めないのです。

木酢液による工場跡地の無害化処理は、北海道では数か所実施されています。首都圏では、まだ実施できていません。

簡単な工法ですから普及していいはずですが、首都圏では実現していません。

大手事業者は利益を上げなくてはなりません。

大きな面積の場合、大手ゼネコンが手掛けます。それがネックになってしまいます。

小さな工場跡地などを手掛けられればと思っています。

北海道工業大学の渡辺教授は、カドミウムの無害化にも成功しています。

エチレンやシアンの無害化も可能です。

優れた技術でも、世の中に受け入れられないこともあるのが残念に思います。工場などを閉鎖したまま放置された所の、所有者に教えてほしい情報です。

第四章　気付きが誰かを助ける、世界を救う

「気付き」の大切さ

小学5年生の時、これはどうしたことだろうと疑問に思ったことがあります。

昭和28（1953）年の冬でした。道路はまだ舗装されていなく、へこみがあちこちにあり、雨が降ると水たまりができ、泥水がたまっていました。

寒い朝には水たまりが凍って、その上を車が通って氷が割れます。割れた氷が飛び散り、白く輝いていました。

拾い上げると透き通った氷でした。

泥水が凍ったのに、なぜ透き通っているのだろう。

そういえば、防火用水の水も緑色をしているのに、凍った氷をいたずらして石で割ったりして遊んでいた時も、氷は透明であったなと思いました。

どうしてなのかなと、その時、疑問に思いました。学校で担任の先生に質問してみると、先生もしばらく考えた後で、沈殿するからではないかと言いました。

私は納得できなかったのですが、そのままにしてしまいました。

2年後、中学1年生になった時、埼玉県北部の、3学年で4クラスしかない小さい学校でしたが、その年、埼玉県の理科の研究発表校に指定され、理科の先生が3人に増員されました。

冬になり、濁った水たまりの氷が割れて飛び散り、透き通っているのを見て、2年前の疑問を思い出し、先生に質問をしたのです。

3人の先生共、納得のいく答えをくれませんでした。

それで、試験管を3本貸してくれと先生に頼み、自分で実験をすることにしました。家に帰り、試験管に水を入れ、それにインクを1滴ずつ落とし、ブルーの水を作り、1本は家の中に、2本は外に置きました。

節分が過ぎ、寒波がやってきて、外に置いた2本が凍りました。

なるほどこういうことなのか、と気付きました。

試験管の周囲に透明な氷が、中心部に青い棒状の塊ができていました。自然が見事に分けたのです。

純水は０度で凍る。不純物を含む水は０度以下でなければ凍らないのだと気付きました。真水と混合水では凍る温度に差があるのです。

道路のくぼみや用水池の氷が透明なのは、この原理なのだと納得したものです。

先生に報告したら、そういうことなのだねと感心していました。

中学時代の大きな発見でした。


「椰子の実」という唱歌をご存知ですか。島崎藤村作詞、山田耕筰作曲の有名な歌です。「名も知らぬ遠き島より　流れ寄る椰子の実一つ……」、２番「旧（もと）の樹は生いや茂れる枝はなお　影をやなせる……」。日本人なら、ほとんどの人が歌ったことがあると思います。

30年ほど前、ふと気付きました。椰子の木に枝があったろうか。ありません。

島崎藤村は、伊良湖岬の海岸に打ち寄せられた椰子の実を見た友人から話を聞いて、この詩を作りました。大きな実です。さぞ元の木は大きな木で、枝も茂り、日陰をつくって、島民の憩いの場所を作っているのであろうと想像をして作ったのでしょう。

椰子の木に枝がないことを知らなかったのでしょう。椰子の木を見たことがなかったのだと思います。

このことに気付いた人がどのくらいいたでしょう。

「気付く」ということは、新しいことの発見や発明につながります。

皆様も「気付き」を大事にしてはいかがでしょうか。

貧困国の飲料水の確保

時々、ユニセフから、最貧国の子供たちの命を救うために募金をしてくださいという手紙が届きます。

川の水を利用して飲料水にしている写真が同封されています。汚れた水を生活用水として利用して、体調を崩したり、中には命を落としてしまう子供がいるとの記事です。

ユニセフはじめ、沢山のボランティア団体が救助の手を差し伸べているのですが、まだまだ足りません。

川の水を浄化する、小型で簡単な施設が開発されれば、大きく改善するのですが、まだその段階まで進んでいません。

そこで、私が中学時代に発見した氷の原理を利用して、きれいな飲料水を提供することができないかと考えました。

濁った泥水が凍ると透明な氷ができるという原理から、汚れた川の水を生活用水として使用している低開発の国々の人たちの健康を守ることができます。

今日、日本には廃棄される冷蔵庫が沢山あります。冷凍庫が付いています。これを最貧国へ提供します。

太陽光が豊富にある地域であれば太陽光発電ができ、廃棄される冷蔵庫が再利用され、夜間用に小さな蓄電池があれば、氷が作れます。

場所も選ばず、費用も少額で済み、これで命が救えるのであれば、ユニセフはじめ様々な団体が、これを推進すべきであると提案いたします。

事業化は難しいことではありません。

効率的に活用するには研究検討が必要でありますが、この原理は有効であると思います。研究してみる人はいませんか。

金星の自転

太陽系の惑星は地球を含め９つあります。
地球は西から東へ自転しています。ほとんどの惑星は反時計回りです。
太陽が東から上り、西に沈みます。
金星はどうでしょう。１つだけ反対に、東から西に回っているそうです。
なぜだかわかりませんが、１つだけ違うそうです。
面白いですね。理由を探求している学者はいるのでしょうか。
違うことがどんな影響があるのか探ってみるのも興味深いことですね。
誰か究明してくれたら、面白いですね。

キリストの十字架、はりつけ像の腰巻きの布

私はキリスト教の信者ではありませんが、教会に行けば、キリストの磔像に手を合わせ、頭を必ず下げます。

キリストの磔像は色々目にしていましたが、違いがあることに気が付きませんでした。

スイス旅行に行った時、登山電車で山に登り、氷河の上を歩き、展望台に登り山並みの美しさを楽しんで過ごし、後ろを振り向いた時、キリストの磔の十字架がありました。その像の腰巻きは幅広の布を巻いたものでした。

その時、腰巻きは皆このようであったろうかと疑問に思いました。

縄に布を引っかけただけの像もあったなと、全て同じではないのだと改めて観るようになりました。

教会に行くたびに磔像を見て、これも異なると、色々な磔像があることに気が付き

ました。

教会により別々な腰巻きであることに気付きました。でも、どうして別々なのだろうと考え、分類ができたらいいのではないだろうかと思いました。

世界中の教会のキリストの磔像の腰巻きを調べ上げ、分類をした人はいないのでしょうか。これまで、ただ漠然とお祈りをささげてまいりましたが、教会により異なる数多くの磔像があることを意識して、お祈りしている人がどのくらいいるのであろうかと思いました。

キリスト教の宗派による違いかと思いましたがそうではありませんでした。どのような理由で違いがあるのか、不思議です。

全世界の教会のキリストの磔像を調べるのは大変な労力が必要ですが、調べ上げ、論文にまとめ上げれば、博士号を取れるのではないでしょうか。

皆が気付かない分野の研究材料ではないでしょうか。

学者を志す若者で挑戦する人が出てくることを期待しています。

誰かやってみてはいかがでしょうか。

カソリックの正統の教会

イタリア、ローマ市のピアッツァ広場のイグナツィオにあるサンティニャツィオ教会に1か所しか、正しく見えない天井画があります。

カソリックがキリスト教の正統であるとの象徴としての教会です。

天井を見上げると、立体的に見える場所があり、床に丸い印を付け、表されています。

その場所を離れてみるとゆがんで見え、よくわかりません。

他を排除することが目的ではないと思いますが……。

不思議に思った旅の1コマです。

ラムネの瓶の蓋のガラス玉

皆様、ご存知でしょうか。ラムネの瓶の蓋のガラス玉の正式な名前を。

知っている人は意外に少ないのではないでしょうか。

小さい頃、ガラス玉で遊んだ経験のある人は、ビー玉と答える人が多数です。

正式名はA玉といいます。

なぜ、A玉なのかといいますと、ラムネの瓶の穴にちょうど蓋ができる合格品なのです。

いびつであったり、大きかったり、小さかったりして、蓋として使えない不合格品をB玉としたのです。

私たちは不合格品のB玉で遊んだのです。それをビー玉といいます。

不合格品でも生かされることがあるのです。

昔、レコードの発売にあたり、歌謡曲の売りたい曲をA面に、ついでに裏面にもう1曲吹き込み、発売していました。これをB面と言います。

中にはA面の歌ではなく、B面の歌がヒットすることがたびたびありました。

物事は決して1番でなければならないというわけではないという証明です。

皆、1番でなければいけないと考えると、かなり高いハードルがあります。

まねのできない分野で、特色のあることを考え、実行することは、難しいことではありません。

SMAPというグループが歌った「世界に一つだけの花」というのがありました。

世界一でなくてもいい、たった一つのものであることに価値があるのだという歌です。

ナンバーワンでなくても、特殊で、誰にもまねのできない者になれということです。

ナンバーワンでなくても諦めることはないのです。オンリーワンになりましょう。


考えを柔軟にし、とらわれることなく、本質は何なのかを追求することが、新しいことを見つけるきっかけになるのではないでしょうか。

なぜ、どうしてそうなるのか、こうしたらよりよくならないか、これは変だよ、工夫できないか、と考えることが事の始まりです。

挑戦してみましょう。

ビル火災の煙から避難する方法及び器具

ホテルや旅館、事務所のビルの火災で、煙に巻かれ、死亡するケースが多々あります。

火災に巻き込まれたら、いち早く避難することが必要です。逃げ遅れて煙に巻かれて命を落とすケースがあります。

昔、ホテルニュージャパンの火災で多数の死者が出ました。ほとんどが逃げ遅れたためです。

煙から逃れるため、窓から助けを求める人が沢山いました。熱と煙に耐えきれずに、窓から外に飛び降りた人が13人いました。全員死亡してしまいました。

窓から外に避難できたら、沢山の人が助かっただろうなと思いました。

そこで考えました。ベランダから飛び降りて、助かる方法はないかと。

それが「落下体の緩衝構造」です。1階と2階の間に、ネットを組み合わせ、ビルに取り付けた、緩衝器具を利用します。落下体の重力をネットの伸縮で、大幅に緩衝する器具です。ビルの10階から飛び降りても命を助けることができる計算です。


特許を取りましたが、実用には至りませんでした。

実用に至らなかった理由は、ネットの材料です。

命に関わることですから、安全性を確保しなければなりません。

合成繊維を使った場合、紫外線に何年耐えうるかの実験が必要です。耐久年数が何年になるのかの実験をすることが不可欠であります。麻の繊維でも耐久テストが必要になります。何年もかけてすることが、私にはできませんでした。

ビルに取り付けるのも、デザイン的な問題もありまして、実用化はしませんでした。

ビル火災での死者が絶えませんので、考えました。


最近、台風などの水害で孤立し、ベランダや屋根などに避難し、救助を待つ映像がテレビなどで流れることが時々あります。

各部屋のベランダに、ベルトを使い、体を支え、滑車を組み合わせて窓から下に下りる器具を備え付けたら、避難できるのではないかと考えました。

ワイヤーの長さは部屋のある階から地上までの距離にします。

滑車にストッパーを使い、リモコンでゆっくり延びる工夫をすれば、安全性は確保されるはずで、ベルトで体をしっかり止めれば、高い所からでも下りられます。

こんなアイデアはいかがでしょうか。

誰か研究をしてみませんか。


この他に本書の中にいくつもヒントがあります。

ビジネスモデルをヒントに、起業してみませんか。

大人たちへの警告

川や池で水遊びをしていて、子供たちが入水して溺れ、それを助けようと大人たちが飛び込み、その大人たちが溺れて命を落とすとの報道を毎年数件見かけます。

大人たちは昔、泳ぎが得意であったかもしれません。しかし、数十年も泳いだことがない大人たちが多いのです。思ったように泳げないことを知るべきです。

私は30年ぶりにプールで平泳ぎをしました。だんだん沈んできてしまいました。昔は泳ぎが得意であったのに、うまく泳げませんでした。

長い間泳いでいないと泳げなくなるのだと痛感しました。何回か挑戦して、やっと昔のように泳げるようになりました。

子供を助けようと大人たちが飛び込んで亡くなってしまうのも、泳げるつもりで飛び込むからだなと思いました。

昔はできても、今はできないことがあるのだということを、もう一度考えてみることが必要であると、大人たちに警告しておきます。

砂漠の緑化事業　栽培容器の発明

地球規模の異常気象により各地で大きな被害が出ています。

原因は何かわかっていませんが、諸説言われています。

水害や地震、干ばつによる被害が各地で起き、アフリカなどでは干ばつによる食糧不足が深刻で、餓死者が後を絶たない状態です。

砂漠の周辺には、ブッシュといわれる草原があります。わずかに残る草木を周辺住民が燃料として切って、燃やしてしまいます。

それが砂漠の拡大につながります。

地球温暖化が異常気象を引き起こす原因といわれていますが、温暖化の原因も諸説あり、これをやれば止まるといえるものが究明されていません。

二酸化炭素の排出量を抑えれば、温暖化が防げるといわれています。なかなか削減できません。

自然エネルギーの活用も盛んに行われていますが、地球的にはごくわずかです。ODAの資金を使ってでも地球規模で自然エネルギーの活用を考えるべきではないでしょうか。

熱帯地方のジャングルの木を伐採し、材木を活用する時に枝や葉が残ります。これを燃やすか、腐らせてしまっています。二酸化炭素として放出されるわけです。例えば、それを木炭にし、砂漠周辺の住民に燃料として提供できれば、周辺の草木は残ります。

ODAの資金を使って植林事業も大規模に行われていますが、成果のほどはいかがなものでしょうか。規模が大きすぎて、植林をしていく後を追いかけるように枯れていきます。もともと水の乏しい所です。水やりが間に合わない場合があると思います。


水を有効に使うための、栽培容器を考えました。

草むらに古タイヤが放置されていましたが、雨水がたまり、ボウフラの住み家となっている時があります。それを防ぐため、水を捨てようとした経験者は多数いると思います。なかなか水は排出されません。タイヤの構造が、それをさせているのです。内側に曲がり湾曲しています。晴天が続いても、水はなくならず、乾きません。形状に原因があるのです。

この形状に着目し、栽培容器を考えました。

古タイヤを2本用意し、それにプランターを一つ用意し、実験しました。培地を同じにするため、土をよく掻き混ぜ、タイヤに詰め、一つは底をふさぎ、一つは下は土、プランターには土を入れ、同じ種類と同じ大きさの苗木と草花の苗を用意し、それぞれに植え、同じ量の水をやり、雨のかからないようにしました。

プランターの木は3日ほどで萎れ、1週間で枯れました。

タイヤの木は元気で、1週間で新芽が出てきました。10日経っても萎れません。

このデータをもとに特許申請をしたのです。

ただし、タイヤそのものでは、土を入れるのも苦労するし、木を植えるのも大変です。そこでタイヤを横に二分します。上のタイヤをまた二分します。

この形状で、四角や丸でもいいのです。

穴を掘り、下の容器を入れ、土を入れ、苗木を植えます。そして上の容器を合わせ、蓋をします。作業が簡単にできます。

これを特許申請し、認められました。

水を数倍有効に使える容器です。砂漠緑化事業で植林をしていますが、これを使えば活着率が数倍上がります。

材料は生分解性プラスチックを使用します。半年、1年で水と炭酸ガスに分解します。半年経てば活着したか、しないかはわかります。

これを利用して、砂漠緑化事業を推進してはいかがでしょうか。

ODAを使って事業をしているのは、主に大手商社です。いかがですか。


異常気象や、温暖化防止を進めるのを本格的に取り組みましょう。

砂漠だけでなく、山崩れして地面がむき出しになっている箇所に植林をするのにも有効です。

特許を取った栽培容器の改良がされて、より便利で安価なものが考案されています。

異常気象が続いています。緑化事業は大切な地球規模の事業です。

有効な方法を開発し、地球環境を守らなければ、人類の将来はありません。

心して取り組まなければなりません。他人事では済まされません。

世のリーダーの方々、人類を見捨てないでください。

山林の手入れが災害を減らす

最近の異常気象で各地に大雨が降り、崖崩れや川の氾濫などの災害が起きています。

自然災害だと片づけてしまうわけにはいかないほど、頻繁に起きています。

先日、テレビのニュースで、ダムが危ない、氾濫するかもしれないとの報道がありました。

中小の河川のダムで、土砂で埋まり、貯水量が極端に減ってしまっている状態のダムが各地にあることが判明しました。

国は、ダムの浚渫《しゅんせつ》工事をして、貯水量を確保する作業をしていますが、わずかの割合しかできていません。

中小のダムの保水力が減少し、大雨が降ると放水をしなければ決壊する恐れがあると下流に大量に放水し、そのために下流の川が氾濫するという事故が起きています。

ダムの浚渫を頻繁にできればいいのですが、沢山のダムがあり、ほとんどが基準以下になっています。


ダムに流れ込む土砂を防ぐのにはどうしたらいいのでしょうか。

山の崖崩れを防ぐことが第一にしなければならないことです。

日本の山は、戦後の植林による杉や桧が大半です。昭和50（1975）年頃から、国産の杉や桧が建築材として使える大きさになりましたが、人件費の高騰もあり、材木の搬出の費用が高く、外材が安く輸入されたため、山林所有者が収入を得ることが難しくなってしまいました。手入れがされず放置されているのが沢山あります。

そのため、山林に魅力がなくなり、所有者は手入れもしなくなりました。

山は荒れてしまい、間伐や枝打ちもされなくなり、林の地面に陽が当たらなくなり、下草も生えなく、暗い状態になりました。

杉や桧の根は地表を横に張りますが、奥深くは張りません。台風や強風に弱いのです。

間伐して陽が当たれば、下草が生え、地面を支えてくれるのですが、手入れをしませんと地面を支えてくれるものがありません。

大雨や強い風などで揺すられると、地面は脆くなります。台風などで山林が揺すられると大きく崩れ、根元から捲《めく》られ、倒れてしまいます。

それが雨水とともに谷に流れ、やがて川に運ばれ、ダムに貯まるのです。

浚渫工事に多額の予算を使っていますが、森林の整備をして森林崩壊を防ぐことをしなければ、大雨による水害は防げません。

災害復旧に資金を使っているわけですが、災害を起こさないための予防に力を入れ、未然に防ぐことを考えるべきではないでしょうか。

枝葉のことに力を入れても、根本のことができていなければ、解決しません。

国が考えることでしょう。

山林の荒廃を防ぐ方法

戦後、復興のため材木需要が起こり、木材も高値で取引され、林業は最盛期でした。それから20年も経つと復興需要も減り、外国から安い原木が輸入されるようになり、材木価格が伸び悩み、切り出す人件費も高騰してきて、林業も急激に衰退してきました。

戦後の復興期は植林もし、林業の再興を願って、山持ちは杉や桧を植えたのです。植林した木は、40年、50年経たなければ、材木として使えません。植林して10年間は下草刈りをしなければなりません。

それから何回かの間伐や枝払いをしなければなりません。昭和20年代後半に植林した木が育ったのが、ここ20年前ぐらいからです。ところが樹木を売っても切り出す費用を引くと、ほとんど手元に残りません。

山持ちは、材木が売れず、現金収入が見込めません。間伐や下枝払いをしたくても、できない状態が続きました。

土砂が谷に崩れ落ち、やがてダムに貯まります。国土交通省は、ダムの浚渫のため、年間200億円ほどを使い、土砂を取り除いていました。

現代は、外国が原木輸出をしませんので、価格も少し持ち直してきました。

また、条件により、林野庁が補助金を出して間伐を進めていますが、全体から見れば少数です。

山林所有者も高齢化し、子供たちも街に出てしまい、衰退する一方です。

そこで、荒廃した山を復興させるための方法を考えました。

山を出て街の息子の所に行きたいので、山を買ってくれる人はいませんかとの物件があります。このような事情の人がいます。

そのような山は安く買えますので、都会の人に山の所有者になってもらうのです。

20年ほど前、頼まれて買った山は7町歩ほどあり、1700万円でした。

道路にも面し、格安だと感じ、買いました。

その時期で杉の木の樹齢が40年、桧が30年でした。

間伐や下枝払いを業者に頼み、やってもらい、保有しています。

数年後、林野庁が補助金で間伐や下枝払いをしてくれ、今では立派な杉林、桧林になっています。材木として使える木になっています。

私が考えたのは、活用できる木が100本から120本ある山を1反歩（300坪）、手入れ付きで都会の人に買ってもらい、お孫さんに贈与してもらう構想です。

家1軒分の材木として使っても余るほどになります。

お子様やお孫様が家を建てる時、自分の所有する山の木を使って、自分の家を新築するというロマンのあることができるのです。

5年間の手入れ込みで売れますので山は整備されます。入会権を付け、切り出すのに搬出路として通過を認める条件です。

贈与税のかからない120万円で、販売をする計画を立てました。

都会の人に所有してもらい、間伐、下枝払いをして、森林を復興させる方法です。

山崩れや山林倒木をなくせます。

山の所有者になり、自然に寄与でき、夢のあることへも参加できます。

これを広げて、放置されている山林を整備していくのです。都会の人たちの協力で、山林を整備し、治水事業に協力してもらうのです。

測量士にお願いし、分割する測量をしてもらい、隣接所有者に立ち会いをお願いし、完成するところでした。一人だけ、仕事を休んできたのだから日当をくれと、測量士に詰め寄る人がいました。喧嘩となり、意地でも判を押さないという事態になってしまいました。

通常は、登記する時に印鑑証明をいただくわけですから、その時に謝礼を払うのが普通です。でも、その人には通用しませんでした。

このために、この計画は断念しなければならなくなりました。

このアイデアを他の所で実施し、活動範囲を広げていけば、山林荒廃が防げるのではないでしょうか。

沢山の人たちが山の所有者になり、自然を身近に感じて、自然保護運動にも役立つのではないでしょうか。

近々、予測されている東海沖地震や関東大震災が起こる可能性があります。

大きな被害が出れば、家を建てる材料が不足し、壊れた家を修理するのも困難になることも予想されます。

当然材木も高騰し、手に入れるのも難しくなります。

山林を所有しておくのも、防災の一つではないでしょうか。

事業として面白い分野と思います。誰か仕事として、やってみては、いかがでしょうか。

儲ける仕事と儲かる仕事

お金は欲しい、利益を得たい、と思い求めるのは普通のことなのかもしれません。

様々な仕事がある中で、それぞれが生活のため、家族を養うために働いています。

意欲を持って取り組む人、生きていくために仕方なく働いている人もいます。

同じ働くなら、意欲を持ち、積極的に仕事に励んでほしいと思います。

生活費を稼ぐために、いやいや仕事をするのは不幸です。

自分の能力に合った仕事を楽しくできたら幸せです。

仕事が社会に役立っているのか、社会貢献ができているのかが、やりがいに関係してきます。

企業経営者はどのような意向を持って仕事に取り組むかで、成否が決まります。企業ですから利益追求は当然ですが、利益追求が過ぎますと反発やトラブルが起き、発展するのが難しいこととなります。

お客様や相手のことは二の次で仕事をし、利益のみ求める企業が多くありますが、社会貢献などは考えていません。そんな企業は数年して消滅してしまいます。これが「儲ける仕事」をしている会社です。

では、「儲かる仕事」とはどのようなものなのでしょうか。

まさに、利他の精神を元に、どのような社会貢献ができるか、世の中にどのような影響があり、お客様に喜んでいただけるかです。提供するものが世に受け入れられ、役立つかという観点で仕事を組み立て、仕事をするかです。

利益は反対給付として、得られるものです。そんな仕事が「儲かる仕事」です。江戸中期の丹波の国の学者、石田梅岩の言葉で、「まことの商人は先も立ち、我も立つことを思うなり」というものがあります。これが儲かる仕事です。

これぞリーダーの決断

リーダーによって、その組織や企業の発展、衰退がはっきりとした結果として現れます。

マスコミを賑わせている日産自動車という倒産の寸前までいった企業の経営を引き受け、大きな改革を断行し、見事蘇らせたカルロス・ゴーン氏がいます。功績は大変大きなものでしたが、従業員をはじめ、大きな犠牲のもと、見事蘇らせました。

しかし、ニュースで報道されている事件で、逮捕されてしまいました。

リーダーとして、発揮した改革のための決断は、素晴らしいものでしたが、自己過信に陥り道を外してしまい、多額の金銭問題で、疑惑を持たれ逮捕されてしまいました。

これは極端な例かもしれませんが、トップの言動や決断が、結果に大きな影響を与えることは間違いありません。

経営者の皆様は、決断を下さなければならないことが沢山あります。

その決断をする前提の判断材料として、正しい情報、知識が必要であり、経験が必要であります。

正しい情報と知識、経験が正しい決断をすることになり、良き結果を導くことにつながるのです。

私の高校時代の友人で、群馬県藤岡市でトマトの水耕栽培をしている同級生がいます。

平成26（２０１４）年冬に関東地方に大雪が降る予報が流れました。天気予報では、大雪になり被害が出るとの予測もされました。

事実、湿った雪が沢山降り、農家のビニールハウスが軒並み潰れ、破壊され、ほぼ北関東は全滅状態でした。ニュースで連日放送され、千葉県や埼玉県をはじめ、関東全体に大きな被害が広がりました。ハウス栽培をしていた野菜、イチゴ、トマト農家はハウスが雪で押し潰れ、全滅で、出荷ができませんでした。当然野菜や、イチゴ、トマトは値上がりし、消費者にも影響が出ました。

友人は、20棟のハウスでトマトを水耕栽培し、11月から5月までの出荷予定でした。気の毒で連絡もしにくかったのですが、10日ほど後、田舎に行く用事ができ、思い切って電話してみました。

「雪の被害、大変だったね」と言いましたら、明るい声で、「俺の所は大丈夫だったよ」とのこと。驚きました。

冬場のトマト栽培のため暖房設備があるわけです。友人は大雪を予測し、室内を思い切り暖め、雪を積もらせない作戦を取り、暖房器具をフル回転させ、雪を溶かしたのだそうです。

「1棟半ほど、ちょっと被害があっただけで済んだ」とのことです。

思い切っての決断をしたのだなと感心しました。

関東各地のハウス農家は、暖房設備を完備しているのが大半のはずです。

なぜ彼だけが被害を受けなかったのか、これがリーダーの決断なのです。

暖房の燃料費を度外視してでも、被害を防ごうとの決断をしたのです。

明治時代の話になりますが、明治維新後、産業を立て直さなければならないと海外視察や技術導入に躍起になっていた頃、フランスの技術を導入し、生糸の生産をしようと日本は交渉しました。

明治３（１８７０）年頃と思いますが、群馬県富岡に富岡製糸場をつくる計画をし、交渉をしたのです。技術の導入と資金が欲しいと申し入れ、フランスは、「技術はもちろん資金も出しましょう。ただし株式会社にし、半分フランスに寄こしなさい」との条件を付けてきました。

政府は植民地化をされるのを避けるため、困惑しましたが、伊藤博文ははっきりフランスに、「株は発行しません。資金だけ貸してください」と要求を突っぱねたのです。フランスは技術とともに資金提供することに同意しました。

植民地化を防ぐ大きな実績をつくり、富岡製糸工場は明治５（１８７２）年に国営事業として開業しました。

伊藤博文のこのリーダーとしての決断は、日本の産業の育成に大きく貢献しました。

企業家や組織のリーダーは、決断しなければならない時が沢山あります。その決断が大きな結果を生じさせることを考え、日頃より正しい情報や知識を大切に扱い、リーダーとしての正しい決断をしてください。

『学問のすすめ』の本当の意味

福沢諭吉の『学問のすすめ』という有名な本があります。

福沢諭吉は慶応義塾大学の創始者で、明治維新の改革発展のために力を尽くした、大分県中津市出身の明治維新の政治家です。

薩長土肥の政治から離れ、学問の道に進んだ学者です。

出版した『学問のすすめ』の中の言葉が、あまりにも有名になりすぎたことにより、誤解をしている人が沢山いることが残念です。

「天は人の上に人を造らず人の下に人を造らず」との言葉があまりにも有名で、ほとんどの人が知っています。

では、どのような意味でしょうか。

大多数の人は「人間はみな平等である」と理解して、そのままにしているのではないでしょうか。

それでは福沢諭吉は『学問のすすめ』の中で、何を伝えようとしたのでしょうか。現代の我々の中では『学問のすすめ』を読んだ人があまりにも少ないのではないでしょうか。

この文章の後に「されども、今広くこの人間世界を見渡すに、かしこき人あり、おろかなる人あり、貧しきもあり、富めるもあり、貴人もあり、下人もありて、その有様雲と泥との相違あるに似たるはなんぞや」とあります。

人間は平等であることを伝えたかったわけではありません。

その理由を福沢諭吉は、「実語教」について、『「人学ばざれば智なし、智なき者は愚人なり」とあり。されば賢人と愚人との別は学ぶと学ばざるとによりてできるものなり』と言っています。

『学問のすすめ』で言いたいことは、学問をして、人間知識を向上させ、人生を賢く生きてください。との折り合いを含めていると解釈します。

『学問のすすめ』を是非お読みください。

先輩からの恩、どう返したらよいのか

大学生の時、沢山の先輩に色々お世話になり、ご馳走になったり、相談に乗ってもらったりもしました。先輩は社会的地位も高く、経済的にも豊かです。

弱小の私が感謝の気持ちを表し、恩をお返しするにはどうしたらよいか……ただ気持ちを伝えることしかできません。

色々な人にお世話になりましたが、名声もあり、経済的にも豊かな人たちです。皆様ならどうしますか。

貸自転車業を開業するにあたっても、多くの人にお世話になりました。

国会議員をはじめ、会社経営者、各方面で指導的地位のある人たちです。

レンタサイクル業が成功し、富もつくれました。

お礼の品物を送ることでは返しきれないことが多く、どのように恩を返したらよいのか、悩んだ時期がありました。

ある先輩から「世話をした後輩が成功してくれたら、それだけでいいんだよ。感謝する気持ちがあったら、困っている後輩に手を差し伸べてやれば、それでいいんだよ」と言われ、周りの人々で、困っている人、これから夢を実現したいと努力している後輩に手助けしてやれば、先輩の恩に報いることになるのだと心に気付きを得ました。

他の人に手を差し伸べて、夢実現の手助けができればいいのだと心に誓いました。お世話になった人々に感謝の祈りをすることを忘れてはいけないと思い、恩返しの実行を続けています。

第五章　より良い世界へ～私の意見

カッコウ族の子育て

世の中には、色々な子育ての方法があります。

核家族化が進み、母親が子育てに従事するのを多く見受けられます。

赤ちゃんが生まれ、保育休暇が終わると、子供を保育園に入れ、働き始めます。

自治体も「待機児童ゼロ」を目指して様々な努力をしています。

0歳児から3歳児未満の幼児は、できれば両親が育てることが望ましいのです。

保育園など他人に預けて、育ててもらう風潮はいかがなものか、考えてみる必要があるのではないでしょうか。

子の脳細胞に大切な部分があります。眼窩前頭皮質という部分です。大きくなってからでは発達させることができないのです。

情報を総合的に判断する前頭葉に、大脳や小脳などから送られる情報を取り次ぐジヨイントの部分の細胞です。

これが眼窩前頭皮質で、将来にわたって大変重要な役目をする細胞なのです。

この細胞は、3歳ぐらいまでにしか発達できない細胞で、愛情豊かな環境で育てられることが必要条件なのです。

他人に預けて、充分愛情を得て、育つものなのでしょうか。

この細胞が未発達ですと、正しい判断や、人との付き合いや接し方がうまくできないそうです。感情のコントロールや我慢すること、物事の予測など、日常生活で必要な対応が正しくできるか、ということに関わってきます。

暴力的になり、事件を起こす人、引きこもりになり、社会参加が苦手な人、学校では、いじめをする子供、いじめられる子供、いじめられて不登校になる子供。これら、問題を抱える子供の中に、幼き頃の愛情不足で、眼窩前頭皮質が未発達のまま大人になった人がいるわけです。

少年院で、入所する子供の乳幼児期の調査をすると、100パーセント愛情不足状態であったとの結果が報告されています。

赤ちゃんの生まれた時の脳細胞の重さは、およそ300グラムから500グラムくらいです。

人間の脳の発達で、一番重いのが20歳くらいで、およそ1500グラムです。赤ちゃんは生後3年まで脳の発達が著しく、1200グラムまで発達します。ほとんどが、乳幼児期に発達してしまうのです。

人間の成長で、3歳までがいかに大切かが、おわかりいただけると思います。

他の項目でも書きましたが、3歳までは他人に預けず、親が育てましょう。

そのために、国は3歳までの子育てをする親に保育休暇を与え、保育休暇手当を支給し、愛情を傾けて子育てをしてもらうべきなのです。これが私の考えです。

保育休暇を取った保護者には、保育休暇手当を月額15万円ほど支給するのです。

財源は、自治体から保育園にすでに支給している運営委託費を充てるのです。運営委託補助金は、園児一人当たり、平均年間150万円ほどです。

待機児童の多い、0歳児から3歳児未満の幼児のいる保育園には、国や自治体が一人当たり平均年間250万円ほどの運営委託補助金を支給しています。

この金額を保育休暇手当に回せば、月額15万円を支給しても、新たな予算措置をしなくても、充分に足ります。

公民館に子供を連れて、母親も交流できる部屋を作っておけば孤独になることは防げます。


経済的理由で共働きしている夫婦は、心に余裕がない状態で、子供のことや家計、家事のことでトラブルが生じ、それが原因で離婚してしまうケースが増えています。

これが貧困家庭問題の原因の一つです。

保育休暇を取り、保育休暇手当を支給されることで心に余裕ができ、大きく離婚問題の解決に向かうはずです。

また、3年の保育休暇が終わったら、元の職場に復帰できる制度を作るべきです。休職中にスキルが不足することを考え、自宅で研修をしてもらうことで復職した時に困らないよう、本人に努力を義務付ければいいと思います。

10年後、20年後の日本はどうなっているでしょうか。

少子高齢化が進み、人口減少が激しく、1億人を切り、労働生産性が極端に減少してしまいます。

50年後には、人口が7000万人まで減少してしまう予測もあります。

深刻な社会問題です。

そのためにも保育休暇制度を確立し、2人、3人と子供を育てられる環境を国が制度として整えるべきなのです。

少子化対策にもつながります。


ここで、母子手帳の副読本のことに触れます。

戦後の食糧不足の時、米国から沢山の援助をいただき、日本人は生き延びてきました。

栄養不足で母乳が足りず、乳幼児の成長不良が問題となり、食糧援助と一緒に米国から粉ミルクが入ってきました。

当時、母乳より粉ミルクの方が栄養価が高いと宣伝され、普及しました。

ミルクの輸出増加を狙ったのか、「母乳よりミルクの方が子育てにはいい」との情報が流され、厚生省からも、母子手帳の副読本に「おんぶ・抱っこ・添い寝・おっぱいは、ほどほどに」との文章が掲載されました。

その後、２００1年にユニセフが子供白書で、「子育てには、添い寝・おんぶ・抱っこ・おっぱいは大切です」との記事を載せ、親子のスキンシップが子供の成長に大きく関係することを指摘しました。

厚生労働省は２００４年より、副読本の記述を改め、現在のものになりました。

50年を超える長い間、間違った子育てが推奨されてきたわけです。

スキンシップの不足により、温かいぬくもりのある心が不足し、様々な問題が起きてきました。

3歳までにしか発達しない大変重要な脳細胞、眼窩前頭皮質が、愛情不足で充分に発達せずに育ってしまった人たちが問題を起こしているのです。

今、30代、40代の閉じこもりが多いのも、この影響かもしれません。

今の大人たちの大多数がこの副読本を元に育てられてきたわけです。

その大人たちが、今、子育てをしているわけです。

愛情豊かな大人に育てられる子供は幸せです。

子供を他人に預けるのでなく、3歳までは、親が愛情豊かに、育てることを、もう一度考えてみることが大切ではないでしょうか。

3歳までの、保育休暇を認める法律を作ることにより、親が愛情豊かに子育てをすると、脳細胞の前頭葉が発達し、心豊かな子供たちが育ちます。

3歳児未満の待機児童が大半ですので、待機児童問題も解決でき、保育士の不足も解決します。

少子化問題も改善でき、良い子が育ち、問題を起こす子供たちも減り、いじめもなくなり、閉じこもりで問題となる子供たちも減らせ、暮らしやすい社会になるはずです。

休暇手当は多少問題があるとしても、保育園、幼稚園、小学校、中学校、高校の無償化の予算より、小さな予算で足りるはずです。

国の政策をもう一度、考え直す必要があると思います。

政治家の皆様に、真摯に検討をお願い申し上げます。

カッコウ族の托卵

鳥類の中に托卵する鳥がいます。

よく知られているのが、カッコウです。

カッコウは、他の鳥の巣にこっそり卵を産み、その鳥に育ててもらいます。

ミソサザイなどがよく狙われ、小さな鳥なのに大きなカッコウを育てることがたびたびあります。

ミソサザイはそれと知らずに卵を温めます。

カッコウの卵は、孵化するのが早く、雛は、他の卵を巣から落としてしまい、1羽だけが残ります。

落とされた卵は全て死んでしまいます。

他の鳥だとは知らずに、ミソサザイなど托卵された鳥は一生懸命に育てます。

親より数倍大きな鳥を育てるわけです。

このように托卵する鳥は、他にも、ホトトギス、ジュウイチ、ツツドリ、ミツオシエなどがいます。

人間世界でも同じように、他人に預けて育ててもらう習慣が付き、それが当たり前のように受け止められています。

保育園や幼稚園、両親などに預けて育ててもらうことへの抵抗がなくなってしまいました。

乳幼児にとって、おっぱいを飲む、抱かれて親のぬくもりを感じることが、心の成長にどれだけ大切かを見直してみてはいかがですか。

「添い寝、抱っこ、おっぱい」が子育てには必要なのです。

保育休暇手当を3年間認めれば、少子化問題も解決するでしょう。

やればできることを早急に実行すべきです。

いじめの苦痛、出る杭は打たれる

いじめは学校だけでなく、大人社会でもあります。

なぜいじめるのでしょうか。ライバルが気に食わないからいじめるのか、面白いからいじめるのか、気を引くためにいじめるのか、形態は様々です。

いじめる側も、反応がない者へのいじめはつまらないからやめます。

目立つ者がいじめの対象となりやすい、また何となく気になるからいじめるのです。

支配したいが従わないからいじめる、生意気だからいじめる、などです。

いじめる側は支配欲を満たすため、力を持ち、勢力を拡大します。

自分がいじめられる側にならないためにいじめます。

いじめる人間は、他人を許し、認める大きな心、受け入れる心がありません。人間として、まだ不十分な成長しかしていない、いわゆる人間失格な人間といえます。

いじめられる側は、目立つ者、欠陥のある者、反論ができない気の弱い者、身体的に問題のある者、いじめる側にとって目障りな者、成績のちょっと上な者、出る杭は打たれるという具合に目立つ者などです。

私がいじめられた例を紹介します。

小学5年生の時です。クラスに5人の問題児がいて、そのうち3人は先生も手に余るほどの悪でした。授業中も先生の注意を聞かず、先生に追いかけられても逃げ回り、からかう始末です。そのグループのしたい放題でした。

私は注意をしたりしていましたから、狙われたのでしょう。

ある雨の降る日、父のお使いで学校の前を通った時、2年生の男の子が路地から飛び出してきて、「助けてくれ」とのことでした。私は訳がわかりませんから、「どうしたの」と聞いただけでした。追いかけられているとのことでしたが、彼は走っていったので、何も言わずにその場を離れ、お使いに行きました。

翌日、教室で、いきなり後ろから頭を殴られました。「なんだよ」と抗議したら、「昨日助けてやると言っただろう」とのことでした。記憶にないことでしたから、「言ってないよ」と反論しました。

そのことが後々まで大きな問題になりました。

「言った」「言わない」の繰り返しでした。

「嘘つき」とグループの皆に言われ、他のノンポリの者は嫌われまいと同調し、「嘘つき」の合唱でした。

「言ってない」と強く主張しましたら、どっちが正しいか家を賭けようじゃないかと言い出しました。成り行きで私も同調せざるを得ず、家を賭けることになりました。

そこで当事者の2年生の教室に一緒に行き、真実を確かめることにしました。

最初、私の言ったように「『助ける』とは言ってくれなかった」と相手は述べていましたが、誘導尋問で、「本人が言ったよと言ってるよ」と詰め寄り、「どうだったかな」と答えを引き出しました。

「それ、嘘つきじゃないか」と私を責めました。

教室に戻ると、「家寄こせ、家寄こせ」の合唱でした。昼休み時間、休憩時間ごとに続きました。

幾日も「家寄こせ」の合唱が続きました。私は堪らず、学校を出て家に帰りました。

家の人に知られないように廊下より入り、蔵に隠れて時間を過ごし、下校時まで閉じこもりました。

何日も続き、耐えられない苦境に追い込まれました。

考えれば、相手の家は教頭先生の家で、もともと官舎です。家は賭ける対象ではなかったのに気が付きました。成り行きで家まで賭けることになったいじめでありました。1か月ほどで収まりましたが、大変ないじめでした。

5人のグループ全員、今はこの世にいません。

悪事は決して良い人生には結びつくことはありません。

その後もいじめは色々ありましたが、それに打ち勝ち、中学生になり、体が彼らより大きくなり、ほとんどいじめられることはありませんでした。

今はネットでのいじめが頻繁に起きています。いじめをすることが罪であると世間が問うことをしなければ、いじめはなくならないのではないでしょうか。

いじめは犯罪です。放置してはならないことです。声を上げましょう。

いいお嫁さん

認知症の高齢者の増加が大きな問題となっています。

高齢化が進む中、65歳以上の18パーセントが認知症になっていると推定されます。

２０２５年頃には20パーセントが認知症になると予測されています。

家にじっとこもり、他人と会話することが少なくなるなど、人と交流が少ない人ほど認知症になりやすいといわれています。

友人を沢山作り、交流をし、外出も頻繁にする人、運動も適度にする人、多方面で交流を持つ人が認知症の予防ができるといわれています。

定年退職し、家でのんびりくつろぐ男性が多くいます。これが一番認知症になる近道なのです。

女性にしても家事などをすることが予防につながるのです。

息子さんが結婚し、同居することになり、家事全般をお嫁さんにやってもらうという家庭も多くあります。

ここで「いいお嫁さん」といわれるお嫁さんに恵まれて、「うちの嫁はいい子でね。食事の用意から掃除、洗濯、身の回りのことは全てやってくれる、よくできた嫁なんだよ」と自慢している人がいます。

本当に良いお嫁さんなのでしょうか。

「食事の用意ができましたよ」と呼びに来て、食事の世話をしてくれます。終われば、「お部屋に戻り、ゆっくりテレビでも見ていてください」。

このようによく世話をしてくれるお嫁さんは、本当にいいお嫁さんなのでしょうか。

「早く認知症になってください」と勧めているのと変わりません。

家事の一部でも毎日やることが、健康にもつながり、認知症にもなりにくくなるのです。

「お嫁さんと家事を一緒にやり、会話をしたり、行動を共にする」のが、本当にいいお嫁さんではないでしょうか。

バンザイの仕方

最近気になったことで、めでたい時にするバンザイがあります。

選挙で当選した人を祝って、バンザイをしている光景をよく見ます。

両手を頭の上まで上げて、３回ほどバンザイを繰り返します。

その時に手のひらはどちらを向いているでしょうか。

多数の方が、手のひらを前に向けてバンザイと声を出し、手を上げています。

戦や勝負をした時に、降参をする時に両手を上げます。

この時、両手を上げるのは、「戦う意思はもうありません。負けました。降伏いたします」との意思表示です。

この時はもう武器などは持っていませんという表現で手のひらを前に向けます。

めでたい時にするバンザイとは異なります。

バンザイは両手を上げますが、手のひらは耳の方へ向け、横に向けるのが正しいバンザイです。

正しいバンザイをお願いします。祝賀の時は正しいバンザイをしましょう。

刑法の改正が必要ではありませんか

刑事事件が起きない社会が理想ではありますが、毎日のように殺人事件や傷害事件や詐欺事件が起きています。

事件の背景には、色々なトラブルがあります。人間的未成熟が事件の大きな要因です。

トラブルが起きた時、どう対処し、解決するかの対応の仕方が問題です。

幼き頃からの経験や遊びなどから学んだこと、喧嘩などが役に立つこともあります。

感情的に切れてしまい、起こす事件が多いのですが、追い詰められて起こす事件もあります。

事情はどうあれ、事件を起こしてしまったら、責任は取らなければなりません。

どうして犯罪を起こすのでしょうか。

欲望を満たすための犯罪は許されることではありません。

経済犯で詐欺罪があります。目立つのがオレオレ詐欺といわれるものです。マスコミも含め各方面で注意を呼び掛けていますが、それでも被害者は後を絶ちません。

なぜ頻繁に起こってしまうのでしょうか。

騙される方が悪いのでしょうか。騙す方の責任はどのようになっているのでしょうか。

受け子といわれる、軽い気持ちで犯罪に加担してしまうケースが目立ちます。捕まっても大した罪にはなりません。中にはアルバイト感覚で犯罪に加担してしまう者もいます。

事情があり加担せざるを得ない状況に追い込まれて、犯罪に手を染める者もいます。

元締めといわれる犯罪当事者は、なかなか捕まりません。

被害を受けた人たちは、騙されたというだけでは済まないのです。中には、家庭崩壊につながるケースもあります。

現在の刑法では、犯罪抑止の目的は当然として、犯罪者の更生も考慮に入れているのでしょうが、被害者の立場を少し蔑ろにしているのではないかと感じます。

犯罪は悪です。厳しく罰することが犯罪抑止につながるはずです。善良な人間にとっては罪が10倍くらい重くなっても影響はありません。

オレオレ詐欺などの受け子も罪を重くし、割に合わない状況に改正すれば、加担者は減り、犯罪が成り立たなくなります。詐欺罪の刑は軽すぎます。

私は昔、手形の絡んだ長兄の詐欺被害の事件処理を経験しました。巧みに仕込まれた詐欺事件でした。

長兄は教養もあり、それなりの知識を備え、田舎ではありますが名士的存在でした。長兄は会社勤めのできる人間ではありませんでした。他人の下で仕事をするという感覚は持っていなかったようです。

山の管理や畑仕事をしていましたが、顔が広かったので色々な仕事の話が来て、ブローカーのような仕事もしていたようです。

そんな中で知り合った人たちの中に、詐欺グループの人間がいたのです。池袋を拠点とする、詐欺集団の一員でした。

兄の事件で大変な経験をしましたが、詐欺の立証は大変難しく、困りました。被害者を救済するのには大きな壁があり、詐欺をする方には有利な法律であると感じました。

別の事件でしたが、私の知人で、騙されて自殺に追い込まれた人もいました。

罪を犯した犯人を重く罰するために、刑法の改正が必要と強く感じます。

子供たちのいじめも、いじめられる方の報道や対応がされますが、根本はいじめる側にあるのですから、いじめる側の責任をはっきりさせるべきであり、厳罰に処するべきです。

弱い者がいじめられ、被害を受けます。将来に向けての影響も背負い、苦しむのです。

いじめる側は、気晴らしでやる者もいますし、支配欲を満足させるためという者もいます。いずれにしろ、いじめる側は被害がないのです。

いじめる側の責任を取らせる法律を整備すべきであり、犯罪は許さないとの認識を持てる社会をつくるべきです。

殺人罪でも、色々事情があるでしょうし犯人の更生も大事でしょうが、被害者や家族の無念を考えて対処すべきです。

今の刑法は犯罪者にやさしく、被害者に冷たい傾向がはっきり出ています。

犯罪をなくすためにも、刑法の改正が喫緊の課題です。

為政者の皆様、犯罪のない安心して生活できる社会をつくってください。

役所からの交付文書の中の不適切文言

市から交付される書類の中で、市民の心を傷つける不適切な書類があります。

難病患者助成金支給決定通知書や、生活保護の支給決定書、障がい者申請に対する回答書など、申請に対する決定通知書と同時に送られてくる書類に、対象者の心を傷つけるような文章があります。例をあげます。

「教示　この処分に不服がある時は、この処分があったことを知った日の翌日から起算して3か月以内に、鎌ケ谷市長に対して審査請求をすることができる。（なお、この処分があったことを知った日の翌日から起算して3か月以内であっても、この処分の日の翌日から起算して1年を経過すると審査請求をすることができなくなります。）
この処分については、この処分があったことを知った日の翌日から起算して6か月以内に、鎌ケ谷市を被告として（訴訟において鎌ケ谷市を代表するものは鎌ケ谷市長になります。）処分の取り消しの訴えを提起することができます。（なお、この処分があったことを知った日の翌日から起算して6か月以内であっても、この処分の日の翌日から起算して1年を経過すると処分の取り消しの訴えを提起できなくなります。）ただし、上記の審査請求をした場合には、当該審査請求に対する裁決があったことを知った日の翌日から起算して6か月以内に、処分の取り消しの訴えを提起することができます。」

というものです。処分という言葉が何回出てきたでしょうか。

例えば、突然、障がい者になってしまった人にとって、これからどのように生きていったらいいのかと、悲嘆に暮れている状態で、あなたは障がい者として処分されましたよとのこの文章はあまりにもきついのではないでしょうか。

市から交付される文書の文言は法律で決まったものもあるでしょうが、先ほど挙げた文章は対象者がどのような市民かを全く考慮していないものと思われます。市民の心を配慮した文章に改める必要があると思います。私もこの件は、最近障がい者手帳をもらい、これからどのように生きていったらいいのだろうかと悩まれている方から相談を受け、初めて認識した次第です。

国の決まった方式の文章ですが、文言を変えて、交付すべきものです。

国民にやさしい政治などと公約している政党がほとんどですが、こんなこともできていないのが現状です。

この他にも、気付かずに市民を傷つけているような文章がないか、再点検をしていただきたいと要望しておきます。

子宮頸癌ワクチンの無償接種の問題点

平成21(2009)年、国が子宮頸癌ワクチンを少女たちに無償接種をするための事業を計画し、ワクチンにより唯一防げる癌として、子宮頸癌を取り上げ、各自治体に接種を勧める施策を実施しました。

国会議員やマスコミも推進し、反対する学者も団体もありませんでした。

「ワクチンにより唯一防げる癌」との謳い文句で強力に進められました。

私が、「あれ！」と疑問に思ったのは、対象が小学6年生から高校1年生までの女子とされていたからです。

なんで対象がその年代の女性なのだろうかと疑問を持ちました。

子宮頸癌はＨＰＶ（ヒトパピローマウイルス）に感染し、運悪くそれが潜伏し、10年ほどして前癌症状が現れ、5年ほどして子宮頸癌に進展していく病気です。

ＨＰＶウイルスは自己免疫で殺菌できますが、体調不良の時感染すると潜伏することがあるのです。

感染原因は、男子との性交渉が主な原因です。ですから、小学6年から高校1年の女子が対象とされたのです。

では接種の時に、男子との性交渉の経験の有無はどのようにして判断するのでしょうか。

すでに感染している女子にワクチンを打っても無効です。

対象少女が経験していますと申告するでしょうか。

なぜ、高校2年以上は対象から外したのでしょうか。


インターネットで子宮頸癌を検索すると、副作用の情報が出てきました。

海外で、副作用で苦しんでいる少女たちが沢山いることがわかります。

割合は少ないのですが、症状が激しく苦しんでいるのが現実です。

ワクチンの何が原因で、副作用が出るのか不明ですが、現実に苦しんでいる患者がいるのは事実です。

詳しく調べていくと色々な疑問が出てきました。

世界に子宮頸癌ワクチンを製造するメーカーは2社です。

先進国でワクチンが採用されれば、年間2兆円の利益が出ると予想されているとか。

宣伝費や根回しにどのくらいの資金が使われたのでしょうか。

反対者がほとんどいませんでしたので、不思議でした。

日本で無償で接種する場合、1人3回接種し、計5万8000円が国から補助されるわけです。多額の予算を組んでの事業です。

調査をしていく中で、大変不自然なことがわかりました。外国からのワクチンの導入には、少し前までは、20年ほど薬事審議会で検討し、輸入を許可するかの判断をしていましたが、長すぎるとのことから、期間を5年に短縮しました。

しかし、この子宮頸癌ワクチンは驚くことに、申請から13か月で薬事審議会の承認を得ているのです。

あまりにも短く、臨床試験もやっていないのではないでしょうか。あまりにも短く異例です。

こんなワクチンを接種させることには賛成することはできません。

私の住む鎌ケ谷市議会で、私ただ一人が、反対の意見を述べて、接種を見送り、しばらく様子を見るべきだと主張しました。

しかし、私への同調者は一人もいず、22対1で法案は可決されてしまいました。

4月より接種が始まりましたが、市内では大きな副作用は出ず、1週間ほど痛みが続いた少女が数名いましたが、やがて回復し、無事でした。

全国的には副作用で苦しんでいる少女たちが２６００人を超えています。副作用が顕在化し、厚生労働省は開始から2か月半の6月半ばには勧奨中止にしました。

３回接種することになっていたので、２回目、３回目を接種すべきか迷っている人がいる状態のまま放置されました。

インドでは死者が出ました。アメリカでは多数の副作用患者が出ました。

新しいワクチンですから、多少の副作用は仕方がないのかもしれませんが、この子宮頸癌ワクチンは副作用が多すぎて、少女の将来を台無しにしてしまった事例が多すぎます。

現在も希望者がいれば接種することは可能のようですが、受ける人がいるのでしょうか。

副作用で今も苦しんでいる少女たちが沢山いますが、そのフォローはどうなっているのでしょうか。

副作用の起きる原因はまだ究明されていませんが、その危険がある以上、接種はやめるべきでしょう。

接種を積極的に推進した政治家や、学者、マスコミも含め、これに積極的に関わった人たちの責任は重大です。謝罪などはまだありません。

薬事審議会のメンバーもまだ謝罪はありません。

責任の重大さがわかっていないのでしょうか。

子宮頸癌検診の実情

子宮頸癌は、子宮の入り口にできる癌です。早期発見をして、切除手術をしてしまえば治ります。それでも検診率が低いのです。

ワクチンで唯一防げる癌として、大々的に宣伝され、政治家も、多くの有名人も、マスコミも推進に加担しました。でもそのワクチンに問題があり、副作用で苦しむ少女を沢山出してしまいました。

ワクチンで予防するより、検診を徹底すべきです。

検診にも問題があります。妊娠した妊婦さんを入れても検診率が30パーセントぐらいなのです。

産婦人科の先生が、男性であることが多いのです。自覚症状のない女性が検診を受けるのに抵抗があるのです。

男性の医師の前で、足を開いて局部の検査をしてもらうわけです。それがネックなのです。女性の産婦人科医を増やすことも必要です。

それも直ぐに増やすことはできません。

そこで提案です。

女性の看護師さんに、特別に研修を受けてもらい、検査ができるようにするのです。検査して、異常があれば医者に再検査してもらうのです。

そうすれば、検診率も上がり、早期発見ができ、前癌状態で手術し、治すことができるのです。

男性医師に局部を見られるのが恥ずかしいとの理由で、検診を嫌っている女性が受けやすくなるのではないでしょうか。

乳癌検診も同じで、放射線技師の大半が男性です。これも女性の看護師に研修を受けてもらい、検診ができるようにすべきです。

検診率を欧米並みの60パーセントから70パーセントにするのは直ぐには無理でしょうが、改革すれば50パーセントぐらいまでは可能ではないでしょうか。

国が考えることです。是非検討をお願いいたします。

世界に「こんにちは」を広めよう！（個人でできる国際親善）

10年以上前のことになりますが、スイスアルプスのトレッキングツアーに参加しました。

山で出会う人には、挨拶をするのが常識です。

日本人は遠慮がちに英語とかドイツ語やフランス語で、相手に合わせて挨拶をします。

我々一行は26人のツアーでしたが、およそ10人が一緒のグループで行動するようになりました。

我々は日本人なのだ。日本語で挨拶をしようではないかと提案し、先頭の私が「こんにちは」と声を掛けるから、次々に続いて「こんにちは」と言ってくださいとお願いし、実行しました。

行き交う外国人にも最初は戸惑いが見られましたが、次々に「こんにちは」と声を掛けられるので、こちらの意図がわかり、「こんにちは」と返してくれるようになりました。

日本語の挨拶を広め、親しみを持ってもらうのに大変役立つことが判明しました。遅れて後を歩いてくる我々一行の集団は、外国人から「こんにちは」と声を掛けられて、驚くと同時に「どうしたのだろうと不思議に思いました」ということも起こり、報告がありました。

日本人も外国に行けば外国人です。少しの勇気と努力で国際親善ができます。

旅行会社が外国ツアーの全てで、この挨拶運動を推奨したら、大変な効果が得られるのではないでしょうか。

「こんにちは」の次は、「ありがとう」「さようなら」と広めていけたら素晴らしいことではないでしょうか。

旅行会社の添乗員や、ツアーに参加する旅行者の少しだけの勇気で国際親善ができます。

「こんにちは」運動に参加しませんか。

世界共通の手話の普及

耳の不自由な人にとって、他人との意思の交流の手段として手話があります。

手話により会話するわけですが、この手話は地方により、国により異なるのが現状です。

人との会話でも、地方の方言などで通じないことがあります。

先日、ドイツに旅行に行った時に経験したことですが、ドイツ語がわからず、言葉の障壁を強く感じました。テレビでニュースを見ていましたが、ドイツ語がわかりませんので、内容を把握できませんでした。

そのテレビの画面の角で、手話が表示されていました。

その時、手話を勉強しておけば、内容がわかるのになと思いましたが、世界共通ではないことを知りました。

国連で、世界共通の手話を普及させたら、言葉の異なる国の人々も内容を理解でき、意思疎通が可能になります。

世界各国の言葉を勉強し、話せるようになるのは大変です。

世界共通の手話が普及し、皆がそれを習得すれば、世界がつながり、世界平和につながるのではないでしょうか。

世界共通の手話を作り、普及させる事業を日本が先に世界に提唱し、実現すべきと考えます。

世界平和にも大きく貢献でき、便利になり、役立つものと思います。

勇気をもって、提唱する政治家が出てくることを求めます。

後書き

お読みいただき何か「気づき」がありましたでしょうか。

年齢層により関心のあるところが異なると思います。

私は日常生活の中で、変わったことにぶつかると、どうしてだろうと気になるところがあり、そのままにしておけない人間なのです。

いろいろ書きましたが、読者の皆様で、これは違うと考えたところがありましたでしょうか。

新しく企業される方で、参考になるところがありましたでしょうか。

お手伝いできることがあれば、ご連絡ください。


今、私が気になることができました。

何故、高い山は気温が低いのでしょうか。

暖かい空気は上昇し、高いところに行きます。
冷たい空気は下降し、低いところに集まります。
高い山に雪が降り、積もります。なぜでしょうか？
こんな疑問を持っています。
誰か教えてください。
そんなこと、考えたこと、ないよ。で人生送りますか。
何故なんだろうと、考えることがあなたの人生を豊かにすることにつながります。
疑問を持ち、何だろうと、何事にも関心を持ちましょう。

著者プロフィール

原 八郎（はら はちろう）

昭和17年　埼玉県児玉郡渡瀬村に生まれる　11人兄弟の８男坊
昭和41年　大学４年の時、北海道層雲峡にてレンタサイクル業開業
　　　　　原サイクリング観光（ベンチャー企業のはしり）
昭和42年　早稲田大学法学部卒業
昭和46年　原元商事株式会社設立　平成４年トームに改名
昭和46年　日本レンタサイクル協議会理事長就任　現役
昭和52年　原新企画株式会社設立　落下体の緩衝装置特許取得
　　　　　　　　　　　　　　　　栽培容器特許取得
平成５年　三然商事株式会社設立　代表取締役　現役
　　　　　連続式木炭製造装置開発
平成15年　鎌ケ谷市議会議員
平成15年　鎌ケ谷ソフトテニス連盟顧問
平成17年　鎌ケ谷学習療法普及会相談役　認知症予防教室開校
平成19年　（社）倫理研究所　法人レクチャラー就任　令和５年まで
平成27年　鎌ケ谷市議会議長に就任
平成31年　鎌ケ谷市議会議員　政界引退

「気付き」がその後の人生を変える

2024年３月15日　初版第１刷発行

著　者　原 八郎
発行者　瓜谷 綱延
発行所　株式会社文芸社
　　　　〒160-0022　東京都新宿区新宿1－10－1
　　　　　　　　　　電話　03-5369-3060（代表）
　　　　　　　　　　　　　03-5369-2299（販売）

印刷所　株式会社フクイン

ISBN978-4-286-24955-1